Pierric Bailly

L'homme des bois

P.O.L

Pierric Bailly est né le 14 août 1982 à Champagnole, dans le Jura. Il est l'auteur de quatre romans aux Éditions P.O.L : *Polichinelle*, *Michael Jackson*, *L'étoile du Hautacam* et *L'homme des bois*.

Tout le monde me dit que j'ai de la chance d'être seul, de n'avoir ni frères et sœurs ni une belle-mère possessive avec qui me déchirer. La plupart de ses amis me racontent : moi pour ma mère, moi pour mon père, on a bâclé l'affaire, ça m'a fendu le cœur, miné le moral, j'en souffre encore aujourd'hui.

C'est vrai que je suis tranquille à ce niveau-là. Depuis le début je m'occupe de tout, je ne laisse personne choisir à ma place, je décline poliment les propositions d'aide, et surtout je vais à mon rythme. Son petit appartement au cinquième et dernier étage sans ascenseur d'un immeuble type HLM, construction des années 1970 sans charme, venait d'être payé, et je ne suis pas pressé de m'en débarrasser. J'y passe des week-ends seul. Parfois je m'y établis pendant une semaine ou deux avec ma femme et nos deux filles. Alors que de son vivant nous ne restions jamais plus que le temps d'un repas.

En dix ans je n'avais dormi qu'une nuit ici, sur le canapé du salon où je m'installe désormais et qui reste ouvert en permanence. Je ne dors pas dans son lit, je ne porte pas ses habits. Mais je mange dans ses casseroles, je me sers dans sa cave à vin, j'écoute sa musique, ses disques, tous les chanteurs engagés qui ont bercé mon enfance à ses côtés. Je fourre mon nez dans son bordel, je fouille, je trie, je classe, je range, je jette. Parfois je m'y mets avec plaisir, je peux y trouver une forme d'excitation, propre à toute démarche qui consiste à infiltrer l'intimité d'un autre, une réaction normale. Et puis il faut dire que ce n'est pas la matière qui manque. Il y en a chez qui on fait le tour de la question en moins d'une heure, il y en a qui ne gardent rien, qui n'ont jamais rien eu. Dans l'appartement de mon père, au contraire, ça déborde de boîtes, de classeurs, de cahiers, de dossiers, de pochettes, de sacoches, de valises, le tout plus ou moins bien archivé dans les placards et sur les étagères. Lui, il gardait tout.

Au début je me disais que j'allais faire une ou deux découvertes, un petit trésor, quelques secrets, mais plus j'avance dans ma tâche et plus je suis frappé par la cohérence de son personnage. Tout va dans le sens de ce que je sais de lui, de l'image que j'ai de lui. Tout est en accord avec les convictions qu'il affichait. Tout lui ressemble.

Il avait son univers, son monde à lui. Un monde qu'il ne s'était pas construit seul, et dont il était loin d'être l'unique représentant. Une bulle, comme il en existe d'autres, comme on en a tous. Une bulle pas totalement coupée du monde. Ce qu'on appelle un petit monde.

Le petit monde de mon père semblait avoir été envisagé précisément pour se protéger du grand monde, peut-être pas pour le combattre, disons pour s'affranchir du mieux possible des valeurs dominantes de l'époque, celles de la consommation et du capitalisme. Ce petit monde était fait d'action sociale, d'engagement politique et associatif, de chanson française, de distractions culturelles et de promenades en nature.

C'est à l'occasion de l'une de ces promenades, seul en forêt, à quelques kilomètres de chez lui, qu'il a glissé sur une pente raide et humide et qu'il a dévalé sur une vingtaine de mètres sans un arbre ni un buisson pour se rattraper avant de chuter dans le vide, d'une petite falaise de trois ou quatre mètres, et de venir s'éclater la tête sur une dalle de roche calcaire à l'endroit où le ruisseau de la Baume prend sa source. Il est resté là pendant trois jours et personne ne s'est vraiment inquiété puisqu'il était en vacances et qu'il était célibataire. Des habitants du coin ont fini par signaler sa voiture stationnée au bord de la route, et comme il avait laissé une des vitres entrouverte les gendarmes ont pu débloquer la portière. Un chien est entré à l'intérieur pour renifler son odeur puis les a guidés jusqu'à son corps.

J'ai bien dit un chien, oui, c'est un chien qui a permis de le retrouver. Et sans doute un gros chien, un berger allemand ou quelque chose comme ça, que j'imagine sauter d'un siège à l'autre et balader sa truffe dans tous les recoins du véhicule. Sauf qu'il s'agissait de la voiture de mon père. Et tous ceux qui le connaissaient savent que de son vivant jamais il n'aurait laissé monter un chien dans sa voiture.

Le problème n'était pas la voiture, le problème c'était les chiens. Il n'en avait rien à faire de sa voiture. Celle-ci, il venait de l'acheter, et c'était la première fois de sa vie qu'il investissait dans une voiture neuve, profitant d'une offre de reprise et choisissant le modèle le moins puissant et le moins cher. Il se plaignait sans arrêt de ses collègues de boulot qui ne parlaient que de leur voiture, qui la bichonnaient, qui en changeaient tous les trois ans, ça le déprimait parce qu'il ne comprenait pas la passion des voitures. Mais ce qu'il comprenait encore moins, c'était l'intérêt pour les chiens. On pourrait même dire, l'amour des chiens. Lui, il les détestait. La présence d'un chien l'irritait au plus haut point, le rendait littéralement fou, il pouvait vous gâcher un repas, un week-end, une semaine de vacances à cause d'un chien.

D'après l'adjudant Bouveret de la gendarmerie de Lons-le-Saunier, il serait mort sur le coup. Mais d'après le médecin légiste, il se serait déplacé après sa chute. Le médecin prétend que son corps n'a pas été retrouvé exactement au pied de la petite falaise mais une dizaine de mètres plus loin, dans le lit du ruisseau quasi à sec à cette période. Auquel cas il n'est pas forcément mort le jour de sa chute mais peut-être le lendemain, après plusieurs heures d'agonie. Ça, le médecin ne peut pas me le garantir. Il s'est peut-être réveillé quelques heures après sa chute et s'est relevé pour retomber après seulement quelques pas. Il a peut-être rampé sur quelques mètres. Il s'est peut-être déplacé dans un état de demi-conscience.

L'adjudant Bouveret, de son côté, maintient sa version des faits. Quand je lui parle de mon échange avec le médecin légiste et du corps retrouvé à une dizaine de mètres du pied de la falaise, il invoque l'élan qu'il aurait pris en dévalant la pente et surtout la possibilité d'un ou plusieurs rebonds. Il prend même l'exemple d'une balle de tennis et d'un ballon de rugby. Je suis censé me représenter mon père comme une balle de tennis ou un ballon de rugby. J'essaie, je ferme les yeux ; je les rouvre rapidement. Pas très sérieux, tout ça. Mais qu'est-ce que je peux faire ?

L'affaire a été classée le soir de la découverte du corps. Le procureur n'a pas jugé nécessaire de faire pratiquer une autopsie. Mon père a été déclaré mort en forêt suite à une chute accidentelle.

Ce que je peux faire, c'est mener mon enquête à ma manière, retourner sur les lieux du drame et interroger le paysage, observer, émettre des hypothèses. Je peux continuer à fouiller dans ses affaires, en espérant trouver un indice, un signe, une preuve. Je peux m'asseoir par terre dans son salon lumineux avec vue sur toute la ville d'un côté et sur les contreforts du premier plateau de l'autre et attendre une révélation, une illumination. Je peux aussi monter dans sa voiture et m'éloigner un peu, partir à la journée dans le haut Jura et retrouver ses sites favoris : grottes, belvédères, châteaux en ruine, lacs lugubres paumés au milieu des bois.

Quand j'accomplis ces petites sorties je pourrais prendre ma voiture personnelle, mais je préfère prendre la sienne, cette voiture que ses parents et ses frères et sœurs aimeraient tant me voir vendre. Je ne sais pas pourquoi mais depuis sa mort, la question de la vente de la voiture tourne à l'obsession pour la famille. C'est la première chose dont ils me parlent quand je les vois : et la voiture, toujours pas vendue ? L'appartement, ils comprennent que ce soit un peu long, je leur dis comme à tout le monde, qu'il y en a de partout, dans la cave et le garage, que ça déborde des placards et des étagères. Je me demande ce qu'ils imaginent puisqu'ils n'y ont jamais mis les pieds. Mais au moins ils comprennent. Par contre, pour la voiture, ce n'est pas bien compliqué, je n'ai qu'à faire un saut à l'Éléphant bleu, passer un coup de jet sur la carrosserie, un coup d'aspirateur à l'intérieur, bricoler ma petite annonce sur le boncoin et roule cocotte. Mais je ne veux pas m'en occuper tout de suite. Je préfère me déplacer dans le Jura avec la voiture de mon père plutôt qu'avec la mienne. La raison en est très simple : dans sa voiture, je suis un vrai jurassien. Je ne passe pas pour un touriste. C'est comme ça ici, et c'est peut-être partout pareil, à chaque feu rouge, à chaque stop, à chaque carrefour, si je croise un piéton, ce dernier ne peut s'empêcher de viser du coin de l'œil la plaque d'immatriculation de mon véhicule. Si je suis au volant de ma 307 immatriculée 69, je suis pris pour un type qui n'est pas d'ici, et alors j'ai envie de descendre pour lui dire : mais si, je suis né là, j'ai grandi là, j'ai vécu vingt ans dans le Jura, ne me prenez pas pour un touriste, s'il vous plaît, je suis des vôtres. Tandis que dans la Seat Ibiza de mon père, immatriculée 39, je suis peinard. Dans sa voiture, je me sens légitime. J'ai même le droit de pester après un touriste égaré et de le klaxonner en tapant sur le volant.

En arrivant sur le premier plateau, je jette toujours un œil au grand panneau du conseil général recensant le nombre de morts et de blessés par accidents sur les routes du département pour l'année en cours. Les routes jurassiennes sont meurtrières et celle-ci en particulier, le tronçon entre Lons et Nogna, où se trouve la discothèque le New Look. Le bas-côté est orné d'une succession de croix fleuries marquant les lieux de crashs mortels. Il m'arrive alors de penser à la série *Twin Peaks*, dont le générique de début s'ouvre sur une image d'un panneau au bord d'une route de montagne souhaitant la bienvenue dans cette commune où se déroule l'action : Welcome to Twin Peaks. Sur ce panneau-là ce n'est pas le nombre de morts sur les routes mais d'habitants de la commune qui est annoncé : 51,201.

Il n'y a pas de ville aussi grosse dans le Jura. Twin Peaks, c'est trois fois Lons-le-Saunier.

La série de David Lynch est souvent mentionnée pour parler du Jura. Les forêts de sapins, les scieries, les grumiers (ces camions qui transportent les troncs coupés), le parallèle est évident. Mais la comparaison vient toujours d'un regard extérieur. Moi-même, il m'a fallu quitter le Jura pour que l'endroit où je suis né et où j'ai passé les vingt premières années de ma vie m'évoque quelque œuvre de fiction. Avant ça, c'était chez moi, c'était chez moi donc cela ne se discutait pas, cela ne se comparait pas, cela ne se décrivait pas. Ça n'avait pas besoin d'être raconté, ou pire, critiqué, puisqu'il n'y avait que ça. C'était le seul endroit possible, puisque c'était là que je vivais depuis toujours. C'était le seul endroit que je connaissais. C'était le centre du monde, ni plus ni moins.

Il m'a fallu prendre mes distances pour me rendre compte qu'on pouvait ne pas savoir situer mon petit département sur une carte, et même ne pas savoir qu'il existe. Qu'on pouvait manger de la Vache qui rit sans savoir qu'elle est fabriquée à Lons-le-Saunier. Qu'on pouvait chanter la Marseillaise sans savoir que Rouget de Lisle, son auteur, y est né. Tout comme mon père et ses sept frères et sœurs.

Ils sont tous nés à Lons-le-Saunier et ont grandi à Clairvaux-les-Lacs, à une vingtaine de kilomètres, dans un lotissement à la sortie du village. Mon grand-père a fait toute sa carrière en tant qu'ouvrier dans différentes usines des alentours, oscillant entre le bois et le plastique, les deux industries phares de la région. À l'époque, il y avait quatre scieries à Clairvaux ; il n'en reste qu'une, la scierie Martine, où mon grand-père a travaillé quelques années, tout comme chez Jeanier Dubry, dont les bâtiments étaient à l'endroit où se trouve aujourd'hui le supermarché Atac. Il a surtout travaillé chez Berrod, une usine de plastique à Meussia, commençant sur les presses dédiées aux boutons de robinets qui partaient pour l'Algérie, puis passant aux queues de casseroles. Il est resté près de trente ans à fabriquer des queues de casseroles en bakélite, essentiellement pour le compte de la marque Tefal. Il rapportait du travail à la maison pour arrondir les fins de mois. Le salon était envahi de caisses de gamelles et de queues à raccorder. Les enfants mettaient la main à la pâte.

Ce que je sais de l'enfance de mon père, c'est que le quartier était plein de familles nombreuses, que les femmes ne travaillaient pas, que ça grouillait de gamins ; aujourd'hui, il n'y a plus que des vieux et le lotissement est sinistre. Je sais aussi que mon père était en classe, durant toute l'école primaire, avec le petit Jean-Claude Romand, l'homme qui a assassiné sa femme, ses deux enfants et ses deux parents après avoir fait croire à son entourage pendant une quinzaine d'années qu'il menait une grande carrière de chercheur à l'OMS alors qu'en réalité il passait ses journées enfermé dans sa voiture sur des parkings forestiers. Jean-Claude Romand est né à Lons, le même mois et la même année que mon père, et a grandi à Clairvaux, dans un pavillon à l'écart du lotissement. Au moment de l'affaire, mon père a ressorti ses photos de classe en noir et blanc pour me le montrer. Mais ils n'étaient pas vraiment copains.

Les parents de Jean-Claude Romand sont enterrés dans le cimetière situé juste derrière chez mes grands-parents. Leur maison est restée inhabitée pendant plus de vingt-cinq ans, elle vient seulement d'être vendue. Au village, on continue à l'appeler la maison du crime.

Quand je mange à Clairvaux, il y a toujours un moment où la conversation dérive sur les faits divers macabres qui ont secoué le secteur au cours des dernières décennies. Outre l'affaire Romand, il y a l'histoire de cette jeune fille qui en sortant de boîte de nuit s'est fait enlever par trois types, dont un mineur, lesquels l'ont ensuite violée puis lui ont défoncé le crâne à l'aide de la manivelle d'un cric. Comme si ça ne suffisait pas, c'est le père de la jeune fille qui a découvert le corps, à trois cents mètres de chez lui, dans un champ de maïs dont il était propriétaire. C'était quatre ans avant l'affaire Romand, j'avais six ans. Il y avait eu un grand rassemblement sur la place de Clairvaux, on avait lâché des ballons blancs.

À chacune de mes sorties, que je me promène dans les bois ou que je cherche à atteindre un point de vue ou un village en particulier, je me confronte à toutes sortes de symboles et d'édifices religieux. J'y suis tellement habitué que je ne les vois plus. Je ne me rends pas compte de leur omniprésence. Des grosses croix en pierre couvertes de lichen en plein milieu de la forêt, des oratoires, des niches, des statues de la Vierge de différentes tailles, des églises et des chapelles en veux-tu en voilà. Bizarrement j'ai envie de leur associer les fontaines, les lavoirs et les monuments aux morts, qui sont toujours des repères dans les villages et qui pourtant n'ont plus guère d'utilité. On pourrait même ajouter tous les châteaux en ruine au sommet des collines, qui dominent les dernières exploitations agricoles et auprès desquels on installe un ensemble de ruches, une station d'épuration, un parcours sportif ou un nouveau lotissement.

En arrivant à Orgelet je remarque que l'entreprise Janod, grand fabricant de jouets en bois, a changé d'appellation : de Jeu Jura elle est passée à Juratoys.

Au rond-point à la sortie d'Orgelet je prends la direction de Cressia, à la recherche du fameux manoir dont me parlait souvent mon père. *Si tu ne travailles pas bien à l'école, je t'envoie à Cressia*, me disait-il en plaisantant.

La demeure abrite une école privée, Notre-Dame de l'Annonciation. La grille d'entrée est ouverte mais je me gare à l'extérieur, le long d'un chemin forestier, et je pénètre dans le parc à pied. La route continue à monter pour rejoindre la forteresse, en parfait état de conservation avec son immense porche en bois, son donjon couronné de mâchicoulis et ses petites fenêtres à barreaux. Je ne veux pas trop m'approcher, je reste à la lisière du bois. J'avance lentement. Puis je sursaute quand une voix m'interpelle : Monsieur, vous cherchez quelque chose ? Une nonne se tient juste en face de moi. Une vraie nonne, avec sa collerette blanche autour de la tête. Je me demande d'où elle sort, celle-ci. Elle revient à la charge : vous avez l'air perdu, qu'est-ce que vous faites là ?

— Euh, eh bien, je me promène…

— Vous n'êtes pas sur un terrain de promenade, mon cher Monsieur.

— Ah, pardon. C'est que… je voulais simplement revoir les lieux. Je suis un ancien élève, j'étais à l'école ici.

Ma réplique m'étonne moi-même, je ne sais pas trop ce qui me prend. Maintenant je dois faire mon possible pour garder mon sérieux et rester crédible.

— Mon bon Monsieur, sachez que Notre-Dame de l'Annonciation est un établissement réservé à un public exclusivement féminin.

Bon, ça m'apprendra à faire mon malin. Je devrais peut-être lui dire que j'ai changé de sexe… Mais non, j'ai une autre idée.

— C'était il y a très longtemps. Bien avant que vous soyez là. Quand je dis là, c'est ici, enfin, ici-bas. C'était il y a plusieurs centaines d'années, dans une autre vie…

Ça ne la fait pas rire. Elle ne me prend même pas pour un dingue, elle me fixe de ses yeux clairs, comme si je venais de la coincer, comme si elle était prise au piège. Elle finit par regarder sa montre. Il est l'heure, dit-elle. Puis elle repart en direction du château.

Cette drôle de rencontre me met en confiance, alors je continue à traîner dans la forêt. Je découvre un peu plus loin un petit amphithéâtre recouvert d'une épaisse couche de mousse, je m'assieds et j'en profite pour me rouler une cigarette. Je consulte mes SMS, un frère de mon père me demande de mes nouvelles. Je commence à lui répondre, puis j'entends sonner la cloche et ronfler quelques moteurs derrière moi. Je laisse tomber mon SMS et reviens sur mes pas. J'assiste à un ballet de 4×4 noirs qui montent se garer autour du château, dont le porche est ouvert maintenant. Des groupes de filles de tout âge et uniquement vêtues de bleu marine sortent en sautillant, encadrées par deux nonnes arborant le même uniforme que ma copine de tout à l'heure. Les parents récupèrent leur progéniture et les 4×4 se mettent à redescendre en file indienne. Je n'oublie pas de jeter un œil aux plaques d'immatriculation, les véhicules viennent de Suisse pour la plupart. Je note tout de même deux plaques jurassiennes.

Je quitte à mon tour le parc et retrouve ma voiture, ou plutôt celle de mon père, et je reprends mon téléphone pour finir de répondre à mon oncle. Comme je ne suis pas très loin de chez lui, j'écris que s'il est disponible, je peux m'arrêter prendre le café. Il réagit aussitôt : on est là, on t'attend.

Ma tante me propose un cocktail maison, qu'elle prépare dans son robot mixeur Thermomix avec du rhum de Martinique que leur rapporte la plus grande de leurs deux filles. Je ne suis jamais allé voir ma cousine en Martinique, ni aucun de mes cousins qui vivent en Australie, au Panama et au Vietnam.

Sur les huit enfants Bailly, en comptant mon père, ils sont six à vivre encore dans le Jura. Les petits-enfants par contre se sont presque tous sauvés à l'autre bout du monde. Je fais partie de ceux qui se sont le moins éloignés.

Mes oncles et tantes leur rendent visite une fois tous les cinq ans et en rapportent des bouteilles de rhum mais aussi des statuettes en bois coloré et des tortues séchées qui rejoignent sur leurs étagères quelques poupées en porcelaine et autres cygnes en cristal. Ils assistent aux premiers pas de leurs petits-enfants *via* Skype, qu'ils s'amusent à prononcer à la française : skip, pour faire rire la tablée. Mais ils comptent bien profiter de la retraite pour passer plus de temps à leurs côtés.

Mon oncle travaille chez Meynier, une usine de bijoux de luxe à Lavans-lès-Saint-Claude, qui produit pour le compte de Vuitton, Chanel et Chloé. À chacune des copines que je lui ai présentées, il a offert un collier et une paire de boucles d'oreilles rapportés de l'usine, des pièces légèrement abîmées, dont le défaut est à peine visible. Ma tante a longtemps été secrétaire chez Péterlite, à Clairvaux, une usine de plexiglas dont mon père me disait qu'elle polluait le grand lac par ses rejets chargés en métaux lourds : plomb, zinc, mercure.

Tiens, j'y pense, Louis Vuitton, un autre Jurassien célèbre. Le vrai Louis Vuitton, mort il y a plus de cent ans. Originaire d'Arinthod, où sont basées aujourd'hui les immenses usines de fabrication de l'entreprise Smoby, encore des jouets.

Quand nous discutons boulot dans la famille, j'essaie de ne pas trop ramener ma fraise. Je pourrais dire que j'y ai bossé chez Smoby, mais c'était en intérim, des missions courtes, quelques mois par-ci par-là. Quand je m'arrête chez l'un ou chez l'autre, je préfère poser les questions, sans raison précise, sans arrière-pensée. J'aime bien les lancer sur leur jeunesse, c'est une amorce assez facile. C'est loin derrière et en même temps ce sont des souvenirs forts, alors ils n'ont pas de gêne à se dévoiler. Ils me racontent les bals, où la plupart des couples se sont formés : le bal du foot, le bal des pompiers. Ils me racontent tout ce qui faisait chier mon père à cet âge-là, tout ce qu'il a fui, tout ce qu'il n'a pas voulu vivre. Ils me racontent les conneries qu'ils faisaient entre quinze et vingt ans, leurs premiers accidents de voiture, la dodoche du beau-père fracassée contre un arbre en plein centre de Champagnole. Ils me racontent les kermesses, les fêtes au village, les fêtes traditionnelles. Les Soufflaculs, par exemple.

Les Soufflaculs à Saint-Claude, une sorte de carnaval où l'on se déguise en chemise et bonnet de nuit à l'ancienne, et s'arme d'un soufflet, un vieux soufflet pour attiser les braises. L'objectif est de l'activer sous les jupes des femmes pour éloigner le mauvais esprit, pour chasser le diable, autrement dit. C'est chaque année au mois d'avril et ça attire un monde fou dans les rues de Saint-Claude. L'année dernière, la fête a fait la une du *Progrès du Jura* : « La folie des Soufflaculs ». La semaine suivante, c'était au tour de mon père.

Après mon premier rendez-vous avec l'adjudant Bouveret, je devais me dépêcher de choisir une entreprise de pompes funèbres. Je traversais le centre-ville à pied quand je suis tombé en arrêt devant un de ces chevalets en aluminium en travers du trottoir qui affichent les couvertures des magazines people et les gros titres des quotidiens. Un poster à en-tête du *Progrès* annonçait : « Le corps d'un homme retrouvé au pied d'une falaise ».

Dans le bureau de tabac correspondant j'ai attrapé deux exemplaires du journal, l'affaire était en une. Le titre était repris et introduisait une grande photo où l'on voyait des militaires et des pompiers ainsi que deux hommes en civil qui poussaient un brancard. Ils avançaient sur un chemin de verdure en direction de deux camionnettes stationnées le long de la route. La légende indiquait que la victime habitait à Lons-le-Saunier, qu'elle était originaire de Clairvaux-les-Lacs et que son corps avait été retrouvé dans la forêt de Revigny après deux heures de recherches. En sortant de la boutique, j'ai retiré l'affiche du panneau en aluminium puis j'ai marché une centaine de mètres pour faire de même chez un autre buraliste. Dans la journée, j'en ai arraché une petite dizaine, que je déchirais aussitôt et jetais dans la corbeille la plus proche.

Le lendemain, rebelote, toute la ville continuait à afficher des nouvelles de l'affaire sur ses trottoirs : « La mort du sexagénaire serait accidentelle ». L'article à l'intérieur nous apprenait que la piste accidentelle était « plus que privilégiée ». Mon père devenait « le sexagénaire », réduit au rang de figure anonyme de fait divers.

Ce n'était pas la première fois qu'il faisait la une du *Progrès du Jura*. J'ai retrouvé chez lui un numéro daté du vendredi 28 mai 2010, où son visage est en plein centre de la photo principale. Il n'est pas seul ; il est même très entouré, d'une centaine d'autres visages, dont certains que je reconnais, des travailleurs sociaux comme lui durant la seconde moitié de sa vie professionnelle, qui faisaient partie ce jour-là des trois mille Jurassiens descendus dans la rue pour manifester contre la réforme des retraites.

Mon père a commencé à travailler à dix-sept ans, il est mort à soixante et un ans. Les dernières années il ne parlait que de ça, cette putain de retraite qui se rapprochait, qui lui tendait les bras, et qui l'inquiétait sans doute un peu mais sur laquelle il n'aurait pas craché, ça non, sûrement pas. Il ne supportait plus le boulot, son chef et ses collègues en savaient quelque chose. Il est mort trois mois avant la fin.

Ça revient dans tous les commentaires. Si près de cette retraite qu'il espérait tant. À quelques semaines près. Si c'est pas cruel. Non mais si c'est pas dégueulasse, franchement.

À ceux qui me demandent ce qu'il aurait fait de sa retraite, je réponds qu'il aurait continué à aller se balader dans les bois, presque tous les jours, à sortir de chez lui, à prendre son vélo, pour aller faire le marché le jeudi matin, pour aller au cinéma et au spectacle, pour aller manifester quand l'occasion se serait présentée.

Depuis quarante ans il était de toutes les manifs à Lons. Il y retrouvait ses amis et un cercle plus large, un cercle de connaissances et de fidèles. Le même cercle qui fait vivre le petit monde associatif et culturel local, et qui à chaque élection se répartit entre les différents partis d'extrême gauche et écologistes.

Un cercle au sein duquel certaines figures se démarquent et s'imposent comme des personnages par leur caractère, leur charisme et leur aisance à s'exprimer en public. Ils sont parfois instituteurs, professeurs, directeurs de structure médico-sociale. Ils maîtrisent l'art du discours et le jargon, ils sont au fait des débats du moment, leurs idées sont tranchées, leur propos est toujours limpide. Mon père n'était pas de ceux-là. Sa parole et sa présence étaient plus hésitantes et fragiles. Il avait conscience de ne pas toujours savoir dire les choses comme il les éprouvait. Ce n'était pas une grande gueule ou un beau parleur. Ce n'était pas un meneur, pas un leader. Il ne se mettait pas en avant. Il n'apparaissait pas en tête de cortège, il se sentait mieux au milieu, un peu à l'abri, dans la foule. Il était de nature discrète. Il était plutôt à ranger dans la catégorie des craintifs, des maladroits.

Ce n'était pas un idéologue, pas un théoricien. Ce n'était pas non plus un littéraire ni un cinéphile, même s'il aimait lire et aller au cinéma. Il n'avait pas fait d'études. Il n'avait pas le bac. Il ne s'est pas construit de cette façon-là.

À dix-sept ans il a quitté le lycée pour intégrer l'usine Berrod, où était employé son père,
se retrouvant à faire face à des fours chauf-
fant à plus de mille degrés et soumis aux éma-
nations malsaines de l'aluminium fondu : il
n'était pas aux queues de casseroles mais aux
couvercles de poêles. Les trois frères de mon
père ont eux aussi travaillé chez Berrod pendant quelques années. Mais mon père n'y est
pas resté longtemps. Il a vite changé d'usine
pour se former sur le tas au travail du bois.

À cette époque, il commençait à être considéré comme un original, surtout dans sa
famille. Ce qu'il avait de particulier pour eux,
sans doute un fond revêche, rebelle, qui s'est
traduit par une nécessité de marquer une diffé-
rence et de s'entourer de personnes nouvelles.
Un besoin d'émancipation qui a trouvé toutes
sortes d'échos dans la société du moment, et
je ne crois pas me tromper si je qualifie mon
père et ses amis d'alors de babas cool, toute
une clique de babas cool du Jura. Ils avaient
chacun leurs préférences et leurs tendances
personnelles. Pour lui, c'était les chansonniers,
l'anarchisme, la non-violence.

Il lisait Louis Lecoin, Daniel Guérin, Lanza
del Vasto et puis la presse satirique. Il vouait
un culte à Reiser, chez qui il reconnaissait non

pas un ailleurs rural et arriéré dont on ricane avec une petite pointe de mépris, mais ses parents, ses voisins, le monde d'où il venait.

C'était une période d'effervescence, même à Lons-le-Saunier. Ils formaient une petite bande et rendaient fous leurs parents. Les Renseignements généraux débarquaient à la maison pour leur demander de mieux tenir leur progéniture, mais il n'y avait rien à faire, ils ne les voyaient jamais. Ils étaient toujours dehors, chez les uns et les autres, préférant aux tournois de pétanque et aux bals des pompiers les rassemblements politiques. Ils partaient à l'autre bout de la France en auto-stop, en chantant Les Enfants terribles (« C'est la vie qui nous mène, qui nous traîne, qui nous sème... »), Morice Benin, qui faisait le tour des foyers de jeunes travailleurs et des MJC de tous les pays, ou encore Leny Escudero. La chanson « Le vieux Jonathan », c'était la sienne à mon père. Il la chantait avec la même voix que Leny Escudero, la même tension dans le visage, surtout dans la bouche, les traits tirés, les lèvres en avant. Ce n'était pas léger, c'était toujours emporté, toujours débordant, quand mon père chantait.

Après le lycée et les premières usines, il a rejoint le chantier du Viel Audon, un hameau planqué au fin fond des gorges de l'Ardèche où des milliers de jeunes se sont regroupés pour rebâtir les bâtiments en ruine et permettre le développement d'une vie communautaire. Puis il a rencontré ma mère sur le plateau du Larzac lors du deuxième rassemblement contre l'extension du camp militaire. Il avait vingt ans et elle en avait seize. Dans la foulée de leur rencontre, il a entamé son service civil en Corrèze pour le compte de l'Office national des forêts. Il était hébergé dans un hôtel tenu par un inconditionnel de la vedette politique locale, le jeune Premier ministre Jacques Chirac. Deux ans plus tard il était à Creys-Malville avec ma mère pour manifester contre la fabrication de la centrale nucléaire Superphénix. Ont-ils participé aux affrontements avec les CRS ? C'est bien possible. Enfin, ma mère a décidé de le rejoindre dans le Jura. Mon père est devenu artisan, ouvrier ébéniste à Cogna, puis tourneur sur bois à Saint-Lupicin, à côté de Saint-Claude, où il fabriquait des pipes en bruyère et des stylos en bois précieux. Ma mère a répondu à une offre de la Sécurité sociale pour intégrer un IMPP, Institut médico-psycho-pédagogique, en tant qu'éducatrice, alors qu'elle n'avait aucune formation. Ils se sont installés ensemble dans un petit village en bordure du premier plateau, Montaigu, en surplomb de Lons-le-Saunier.

C'est sur les flancs du premier plateau qu'il a dégringolé, et c'est grâce à la photo de une du *Progrès* que j'ai compris comment rejoindre l'endroit où il a été retrouvé. Dans le discours que j'ai écrit pour la cérémonie, j'ai dit quelques mots de cette forêt sombre et pentue au sol meuble, de cette petite falaise, de la source du ruisseau, de la dalle de roche calcaire où son corps était étalé, sur le dos. J'ai mentionné un décor à la puissance évocatrice, un paysage qui ouvre sur l'imaginaire, une nature sauvage et magnifique. Quelques jours plus tard des amis de mon père sont venus me confier qu'ils ne partageaient pas mon point de vue. Pour leur part ils trouvaient cette forêt angoissante, effrayante, terrible, froide, sèche, noire, mortifère. Les événements y étaient forcément pour quelque chose mais ce n'était tout de même pas le genre d'endroit où ils viendraient se promener pour le simple plaisir des yeux.

C'est vrai que mon père n'a pas glissé sur une grappe de raisin sur les coteaux de Château-Chalon. Je veux dire par là qu'il n'est pas mort dans un décor de carte postale. Pourtant il y a de quoi faire dans le Jura. Les photographes du dimanche s'en donnent à cœur joie, sortent le téléobjectif pour capturer les couleurs de l'automne, les cascades en éventail, un chamois juché sur un piton rocheux. Mon père n'était pas le photographe. Mon père, c'était le chamois.

Moi aussi j'aurais préféré que ce jour-là il aille se promener sur la voie verte un peu plus haut dans la forêt. Sur la voie verte au moins il n'y a aucun risque de glissade. Mais une sortie sur la voie verte, c'est un coup à croiser des familles à vélo et des promeneurs à chiens. Je ne sais pas si les amis de mon père comprenaient ce que je cherchais à leur dire, et pour alimenter mon propos je me suis amusé à dégainer quelques formules ou comparaisons un peu idiotes, dans le style de : mon père sur la voie verte ce serait comme de confier une caisse à savon à un pilote de rallye, ou bien comme de lâcher un plongeur des bas-fonds dans une pataugeoire, ou encore comme de demander à un astronaute de sauter depuis un… de s'élancer sur une… je me suis mis à m'emmêler les pinceaux, mais je crois qu'ils commençaient à comprendre. Ce que je voulais dire c'est que c'était un endroit qu'il aimait, que c'était une forêt où il se sentait bien, et précisément pour son côté sombre et rude et inhospitalier. Je voulais dire que c'était une forêt qui lui ressemblait, et qu'elle était à son image, de type solitaire, un peu sauvage. Parce que c'est vraiment cette représentation de lui que je voulais défendre à ce moment-là. Je m'accrochais à cette idée qu'il était mort dans les bois comme un marin meurt en mer. La forêt qui prend l'homme. Mon père cet aventurier.

La vérité est probablement moins romantique. Ce qu'il faisait en forêt de Revigny ce jour-là, je crois le savoir.

Lors de mon premier rendez-vous avec l'adjudant Bouveret, il a été question de la paire de chaussures qu'il portait, des chaussures inadaptées à la nature du terrain, des chaussures de ville, légères, à semelles lisses. L'adjudant m'a également appris qu'un sac plastique avait été retrouvé à ses côtés. D'après lui, le coup du sac plastique ne laissait aucun doute quant à la raison de la présence de mon père sur les lieux : il était là pour ramasser des champignons.

Le scénario qui se dessinait était donc le suivant. Mon père prend sa voiture pour aller se promener dans le haut Jura, peut-être pour rejoindre un de ses lacs fétiches. En chemin il s'arrête le long de la route, en surplomb d'une forêt pentue et ombragée réputée pour abriter des champignons délicieux, ces fameuses morilles. Il ne prévoit pas d'y rester bien longtemps et ne juge pas nécessaire de sortir ses chaussures de randonnée du coffre et d'emporter avec lui son sac à dos, qui attend sur le siège passager et dans lequel j'ai retrouvé un thermos de tisane et un paquet de gâteaux secs. Il ne se saisit que d'un sac plastique en espérant le remplir de quelques trouvailles. Il descend dans le bois, et il se sent en confiance. À un moment donné il se retrouve en situation de franchir une pente raide, en situation de prendre un risque. Il pourrait rebrousser chemin. Il décide de tenter le coup.

Depuis que j'ai dix ans à peu près, je connais ses dernières volontés. Il me répétait ses instructions régulièrement, comme si c'était quelque chose qu'on oublie : Si je meurs, tu sais ce que je veux, hein, tu le sais. Je m'empressais de répondre avant qu'il ne développe, pour lui prouver qu'il pouvait compter sur moi, puis j'ajoutais que de toute façon il n'avait pas à s'inquiéter, que le sujet n'était pas d'actualité.

Ce n'était pas seulement une parole de convenance. S'il y avait quelqu'un dans mon entourage que je n'imaginais pas mourir de sitôt, c'était vraiment lui. Avec sa bouffe bio, son yoga, son vélo, ses randonnées, l'air pur du Jura, je le voyais devenir centenaire. Je pensais très sérieusement que je partirais avant mon père, qu'il m'enterrerait. Quand on en parlait, que je lui rappelais qu'il ne fumait plus depuis des années, qu'il conduisait très prudemment, et que son père à lui, à quatre-vingt-dix ans, marchait encore deux heures par jour et dormait quatorze heures par nuit, cela semblait l'apaiser un peu, puis il finissait toujours par marmonner : Enfin, on ne sait jamais ce qui peut se passer. Alors s'il devait m'arriver quelque chose...

— Ça va, ne t'inquiète pas, je sais ce que tu veux, je n'ai pas oublié.

Ce qu'il voulait, c'était être incinéré. Quand nous étions plusieurs à table, chacun en profitait pour exprimer son avis sur la question, dire éventuellement ses réticences, donner ses raisons. Dans le cas de mon père, il voulait être incinéré pour que ses cendres soient déversées dans un endroit bien précis : à La Frasnée, depuis le belvédère.

La Frasnée, ce patelin d'une trentaine d'habitants perdu au milieu des bois, avec ses falaises calcaires et sa cascade, c'était notre secret à tous les deux. Cela faisait vingt ans que nous n'y habitions plus mais nous restions très attachés à cet endroit. Nous y retournions souvent – le village n'est qu'à une demi-heure de route de Lons-le-Saunier.

Mon père, avec ma mère, y a acheté une

maison à la fin des années 1970, une grande baraque à retaper, un ancien café. Quand je lui demandais s'ils n'avaient pas eu peur de s'établir dans un coin aussi retranché et de s'engager dans un tel projet, avec tous ces travaux qui les attendaient alors qu'ils étaient si jeunes, il était toujours catégorique : absolument pas, jamais, pas une seconde. Ce qu'il me disait, c'est qu'ils ne se sentaient pas du tout isolés. Pour la simple et bonne raison qu'ils n'étaient pas seuls.

J'ai plutôt une belle image de cette période de la vie de mes parents, ces années précédant ma naissance et leur séparation précoce. Une image de vie collective et festive, marquée par des rencontres importantes, comme ce couple d'artistes, Charton et Rougeul, tous les deux peintres et graveurs. Une vie de bringues et de bitures, pour reprendre les mots de ma mère, avec ses collègues de boulot à elle, la bande de l'IMPP de Montaigu, et puis avec les amis de mon père : des artisans comme lui, ébénistes, sculpteurs, tourneurs sur bois, mais aussi la bande du MAN de Lons – Mouvement pour une alternative non-violente –, ses anciens camarades du lycée, ses coéquipiers du foot à Clairvaux – parce qu'avant de s'en désintéresser totalement, il a joué au foot pendant quelques années –, puis ceux du rugby – parce qu'après le foot, il a joué au rugby, toujours à Clairvaux, en tant que demi de mêlée. Le rugby, il aimait vraiment ça, et il s'en sortait plutôt bien. Il adorait taper les pénalités. Un de ses voisins à La Frasnée jouait avec lui, au poste de pilier, Armand, une force de la nature, une légende locale. Sa femme a été ma première nourrice.

Armand et Colette, je ne sais pas bien comment ils ont atterri à La Frasnée. Ils venaient de Paris. On disait de lui que c'était un ancien boxeur professionnel et qu'il s'était réfugié dans le Jura pour se cacher. Les deux artistes aussi étaient parisiens et semblaient également avoir fui quelque chose, peut-être simplement une atmosphère, un monde. À La Frasnée il n'y avait pas de vieilles familles installées sur place depuis plusieurs générations, pas de mémoire vivante des lieux. On y arrivait un peu par hasard, et l'on pouvait ne plus jamais en repartir.

À propos de ce fameux Armand, mon père me disait qu'il était tellement carré, tellement robuste, que lorsqu'il gonflait les pectoraux il pouvait poser un verre dessus. Il me disait aussi qu'il attrapait les vipères à main nue et qu'on le voyait traverser le village en trimbalant ses serpents à bout de bras. Dans les deux cas, je ne l'ai jamais vu faire. Il y a probablement une part de mythe dans ces histoires. Je ne sais pas le vrai du faux. Armand est mort, maintenant, et je pourrais interroger Colette, mais je n'ose pas aller la voir, j'ai peur de l'embêter avec tout ça.

Toujours est-il que ces histoires continuent à circuler. Aujourd'hui ce sont mes oncles et tantes, quand je m'arrête à Clairvaux, qui reprennent le flambeau.

Je précise que La Frasnée est à six kilomètres de Clairvaux, dans le prolongement de la route qui mène au lotissement où mon père a grandi.

À La Frasnée les feux d'artifice étaient tirés depuis le belvédère. Tout le monde se déplaçait pour les voir, et il y avait des voitures garées jusqu'au pont du Désert, le dernier pont sur le Drouvenant, la rivière qui traverse le village, si bien qu'au moment de repartir, c'était impossible de faire demi-tour et il fallait des heures pour désengorger la vallée. Mais ça n'a pas duré longtemps, les feux à La Frasnée. Ils ont dû arrêter pour des raisons de sécurité. Mes oncles le disent : ce ne serait plus possible des trucs comme ça. De toute façon, aujourd'hui, on ne peut plus rien faire.

Quelques années après leur installation, mes parents se sont mariés au village. Là aussi, les frères et sœurs de mon père se souviennent, de la robe à fleurs de ma mère, du complet en velours marron de mon père, de la sortie de la mairie sous une allée de ballons de rugby et du méchoui dans le jardin : un mélange de traditions rurales et d'ambiance baba cool. L'élection de Mitterrand l'année suivante ne semble pas être une date importante pour mes oncles et tantes. Pour mes parents, par contre, et comme pour beaucoup, je sais qu'elle l'a été. J'imagine une nouvelle fête à La Frasnée, qui s'est peut-être tenue chez le couple d'artistes, lesquels venaient d'ouvrir une crêperie dans leur maison. Certains s'étonnent encore du départ de ma mère quelques mois après ma naissance. Elle a quitté mon père pour un stagiaire de l'IMPP, avec qui elle vit toujours aujourd'hui, le père de mes deux sœurs, mon beau-père. Ils se sont installés ensemble à Lons-le-Saunier. Mon père a gardé la maison de La Frasnée.

C'est à cette époque que les Perron sont arrivés au village. Sylviane Perron est aujourd'hui le maire de La Frasnée. C'est elle que j'ai dû appeler pour la question des cendres.

Des amis me disaient que ça aussi, on ne pouvait plus le faire, qu'il était désormais interdit de disperser les cendres dans la nature et que j'allais devoir me contenter de cet espace aménagé dans le cimetière appelé jardin du souvenir. Pourtant, ça n'a posé aucun problème.

J'ai pris mon téléphone et ce n'est pas Sylviane mais Jean-François qui a décroché. Il était au courant de la mort de mon père, qu'il avait découverte dans le journal. Je me souviens très bien de ses mots : Mon ami, mon pauvre ami, je ne sais pas quoi te dire... Puis il m'a passé Sylviane, à qui j'ai expliqué l'objet de mon appel.

Elle m'a très vite coupé : Je vois très bien de quoi tu parles, on l'avait décidé ensemble. On en avait parlé tous les trois, il y a des années de ça. On s'était dit qu'à notre mort, on se ferait incinérer pour que nos cendres soient jetées depuis le haut de la falaise. Écoute, je vais te donner mon sentiment. J'en avais parlé avec les enfants, ils m'avaient répondu : maman, c'est quand même un peu dégueulasse votre truc, si on balance les cendres depuis le belvédère, il y en aura plein les fraises. Tu comprends ce que je veux dire ?

Je comprenais d'autant mieux que l'idée d'aller crapahuter tout là-haut sur la crête dans les bois humides à une centaine de personnes, étant donné les circonstances, me refroidissait un peu. Avec Sylviane, nous avons choisi que la dispersion aurait lieu depuis le cœur du village, que l'on se rassemblerait sur ce secteur appelé l'île et que je verserais les cendres dans la rivière du Drouvenant, qui prend sa source exactement au sommet de la cascade.

Des coups de téléphone, ce premier jour, j'en ai passé des dizaines. Mon père n'avait pas de téléphone portable, j'ai retrouvé dans son bureau un répertoire à spirale et j'ai commencé à appeler quelques noms. J'ai vite compris que les Jurassiens étaient tous informés, grâce au journal, alors je me suis rabattu sur les amis de l'extérieur, essentiellement des femmes, que je n'avais jamais vues pour certaines d'entre elles – il y a eu tellement de femmes dans la vie de mon père. À chaque fois je devais donner une explication, dire ce que je savais ou ce que je croyais savoir. Je racontais qu'il avait glissé en se promenant en forêt puis qu'il avait chuté d'une petite falaise.

Une petite falaise… Et qu'est-ce que c'est, exactement, une petite falaise ?

Et puis, étais-je bien certain qu'il avait glissé ?

Je voyais bien de quoi ils voulaient parler. Ils n'osaient pas prononcer le mot, mais ils ne pouvaient pas s'empêcher d'y penser. Difficile de faire autrement.

En vérité, non, je ne suis pas sûr qu'il ait glissé en se promenant dans la forêt, et je ne peux pas affirmer non plus que la chute soit accidentelle. Évidemment, on ne se suicide pas en se jetant depuis une falaise de trois mètres, et encore moins en se laissant dévaler le long d'une piste abrupte. Le problème, c'est qu'en surplomb de la forêt où il a été retrouvé, il y a une autre falaise, beaucoup plus grande celle-ci, d'une hauteur de près de cinquante mètres, juste au-dessus de la pente terreuse.

J'ai arpenté cet endroit en long et en large, et je continue à le faire. Je pars d'en bas, d'en haut, j'emprunte le chemin qu'il aurait suivi. Plusieurs fois je me suis approché de la pointe rocheuse au sommet de la grande falaise, en avançant toujours à quatre pattes : l'endroit parfait pour sauter dans le vide. Aucune chance d'en réchapper.

Le Jura est rempli de coins comme celui-là. C'est sans doute la caractéristique la plus forte de sa géographie, ce terrain en escaliers et ces multiples reculées.

Une reculée, c'est tout simplement une entaille dans le plateau, une échancrure. C'est tout de même plus large que les mots ne le laissent imaginer. Ça prend la forme d'une vallée fermée, d'un grand cul-de-sac. Au fond de la reculée on est cerné par un cirque de hautes parois rocheuses, un paysage propice à la formation de cascades, de grottes, de gouffres et à l'installation de belvédères sur les hauteurs. À Revigny, le lieu de la chute, la tranchée n'est pas profonde, on parle plutôt d'un creux. Une des plus fameuses reculées du Jura, c'est La Frasnée.

À La Frasnée, au pied de la cascade, la route s'arrête, on ne peut plus avancer. Quand j'étais petit, mon père me disait que c'était le bout du monde. Je l'ai longtemps cru. J'imaginais vivre à l'endroit où le monde se termine.

Il me racontait aussi qu'un géant nommé Gargantua, fils de Grandgousier et de Gargamelle, était un jour venu se désaltérer à la source du Drouvenant, c'est-à-dire au sommet de la cascade, là où la rivière jaillit de la roche. Pour s'engager dans la vallée, Gargantua avait eu besoin d'écarter les parois de calcaire et avait laissé sur le versant gauche l'empreinte de ses cinq doigts. Je me rendais souvent au pied de cette falaise, réellement marquée par cinq cavités à la verticale. Enfant, je croyais à cette histoire au premier degré. À l'adolescence, je pensais que c'était mon père qui l'avait inventée. Quelques années plus tard, je me suis rendu compte que je n'étais pas le seul à la connaître. J'ai découvert qu'il existe partout en France, pas seulement à La Frasnée, et pas seulement dans le Jura, des sites où l'on prétend que le célèbre géant, détourné des romans de Rabelais, serait responsable de l'aspect d'une montagne, de la présence d'une grotte.

Au sommet de la cascade de La Frasnée se trouve justement une petite grotte, où j'aimais me réfugier seul. Sur le chemin qui mène à cette grotte, des bergers ont découvert il y a plus de deux cents ans un squelette entier agrémenté d'une épée espagnole.

J'ai grandi dans ce paysage de conte, bercé par ces anecdotes et ces légendes locales, en plus des histoires que me lisait mon père.

Après le départ de ma mère, il s'est mis à travailler à domicile, s'aménageant un atelier de tournerie dans le garage de la maison. Il partait de temps en temps à Paris, à Strasbourg ou en Allemagne pour des salons d'artisanat et des foires-expositions, dont il me rapportait toujours un lot de livres illustrés.

J'ai retrouvé chez lui un carton de diapositives où figurent des vues de ma chambre d'enfant à La Frasnée. Je ne me souvenais pas à quel point elle ressemblait à une vraie chambre d'enfant, une chambre d'enfant d'aujourd'hui, avec ses barils de Lego et ses Meccano, ses posters L'École des loisirs, sa housse de couette Babar et sa bibliothèque d'albums jeunesse incontournables : *Petit-Bleu et Petit-Jaune* ; *Salomon le clou rouillé* ; *La Grosse Bête de Monsieur Racine*. À cinq kilomètres de là, une quinzaine d'années en arrière, mon père et ses sept frères et sœurs n'avaient rien connu de tout ça.

Il m'accueillait du mardi soir au jeudi matin et un week-end sur deux. Nous passions nos soirées chez des couples d'amis qui avaient des enfants de mon âge et qui habitaient les villages des environs, Mesnois, Patornay, Bonlieu, Pont-de-Poitte. C'est ce qui a surpris ses parents le jour de l'enterrement, le nombre de personnes présentes. Il avait beau être discret, et même timide dans certains contextes, mon père était un homme sociable, et même un séducteur. Il me disait souvent que son réseau amical, c'est ce qui l'avait sauvé. Sauvé de son milieu, de sa famille, d'une certaine mentalité qu'il ne supportait pas. Mais sauvé aussi de la solitude, puisqu'il n'a pas réussi à fonder une famille à lui, et qu'il n'était pas doué, de son propre aveu, pour la vie de couple. Quand il s'est retrouvé seul à La Frasnée, il a continué à voir beaucoup de monde, pas uniquement des amis qu'il avait en commun avec ma mère, il y avait toujours des personnes nouvelles. Je ne sais pas comment il se débrouillait pour avoir autant d'amis. Il ne devait pas être si timide que ça, dans le fond.

Je ne sais pas pourquoi je tiens à ce point à le présenter comme un homme réservé. C'est vrai que ce n'était pas du tout un homme expansif. Il avait certes ce côté colérique, qui lui rendait bien difficile sa vie amoureuse, mais c'était aussi quelqu'un de doux, et de discret, oui, j'insiste.

Il faut croire qu'être doux et discret n'em- pêche pas d'avoir le contact facile. J'imagine bêtement que l'on se met en retrait quand on a peur des choses, du monde, des autres. C'est mon cas. Mais mon père n'avait pas peur du contact avec l'autre. C'était tout le contraire, pour lui. Il était attiré par les ambiances col- lectives, festives, conviviales, amicales, tout ce que j'ai toujours fui. Il abordait facilement un inconnu dans la rue, dans une boutique, dans une bibliothèque, et encore plus s'il s'agissait d'une inconnue. J'en ai vu passer quelques- unes à La Frasnée durant ces années. Je me demande d'où il les sortait. Je ne savais pas tout. Je ne comprenais pas tout. Et puis j'étais trop jeune pour qu'il me raconte.

Elles partaient avec nous en vacances, en Italie, en Ardèche, en Dordogne, à Paris. Il avait des amis partout. Je crois tout simplement qu'il n'avait pas peur de rappeler des connaissances, des rencontres lointaines, pour leur proposer de passer les voir. Il n'avait pas peur de déranger.

Il ne coupait pas avec ses amis de jeunesse, ni avec toutes les relations qu'il avait nouées lors de ses escapades militantes. Et puis il avait le temps, il était disponible.

Il avait le temps, et puis il avait besoin de s'aérer, de sortir, de voir du pays, de quitter son trou perdu.

Il commençait à se sentir pris au piège dans ce village d'une vingtaine de maisons dont la moitié était des résidences secondaires. Les hivers étaient rudes et la route qui menait à Clairvaux n'était pas déneigée en priorité. Il lui arrivait de rester bloqué chez lui pendant plusieurs jours d'affilée.

Lors de la cérémonie au funérarium, Charly, un de ses anciens camarades du lycée qu'il avait retrouvé très récemment, a raconté cette anecdote extraordinaire. Charly avait quitté le Jura et vivait depuis quinze ans au Kenya. Ce jour-là il était chez des amis de la tribu giriama, en pleine savane, sous une chaleur atroce. Il avait les mains plongées dans un mélange de terre et de bouse de vache et ils réparaient tous ensemble les murs d'une maison. Ils n'avaient pas pour habitude de travailler en écoutant la radio, mais Charly avait eu envie d'avoir quelques nouvelles de France et il avait branché le poste sur Radio France Internationale. Il a appris alors que le pays subissait de graves intempéries hivernales, particulièrement dans le Jura où, en raison de grosses quantités de neige tombées, le plan ORSEC avait été déclenché et de nombreux villages étaient coupés du monde. C'est alors que le journaliste a annoncé : « Nous allons maintenant vous faire écouter le témoignage d'un habitant du petit village de La Frasnée, M. Christian Bailly, tourneur sur bois. » Charly s'est précipité sur le poste pour augmenter le volume et du fond de sa brousse il a entendu mon père parler de l'isolement du village, de l'électricité absente et du manque de bougies. Il s'est mis à pleurer d'émotion devant ses amis kényans qui ne comprenaient pas ce qui lui arrivait.

Je ne saurais pas dater précisément cette histoire, mais il s'agissait d'un des derniers hivers que nous avons passés à La Frasnée.

À l'évidence, le cadre n'était pas adapté à ses aspirations de trentenaire célibataire, et son choix de quitter le village était tout à fait légitime, mais je ne supportais pas cette idée. Dès que j'arrivais chez lui, je décrochais la pancarte « À vendre » suspendue à la façade de la maison et je montais la cacher dans le grenier. Il a mis un certain temps avant de trouver un acheteur. J'avais dix ans quand nous sommes partis.

Pour lui non plus ça n'a pas été simple de couper avec cet endroit magique. Il s'est d'abord installé dans un appartement à Lons-le-Saunier, au onzième et dernier étage de la plus haute tour de la ville, dans le quartier de la Marjorie.

J'ignore si je dois en être fier, mais à trente ans et quelques j'ai d'ores et déjà dépassé le record de longévité de mon père en matière de relation de couple. Je vis depuis plus de dix ans avec la même femme. Aujourd'hui, je demande à Amandine de m'accompagner en forêt de Revigny.

Sans chercher à le décrire en détail, j'ai si souvent évoqué cet endroit devant elle qu'elle a fini par s'en faire une représentation mentale assez précise. Elle enjambe avec moi les nombreux arbres en travers du sentier minuscule, s'accroupit pour se faufiler sous certains troncs en diagonale, attrape délicatement les tiges de ronces que je lui tends puis les relâche une fois l'arbuste dépassé. Le sol est humide et les pierres sont glissantes, nous marchons lentement. Elle me regarde avec un air inquiet et me demande comment je me sens. Je ne suis pas détendu, c'est certain. J'ai toujours le cœur qui s'emballe quand je me rapproche de la petite falaise. Je viens ici comme j'irais au cimetière, mais un cimetière privé, et caché, une sépulture naturelle.

Ce jour-là, le paysage est différent des autres fois. Il a neigé ces dernières semaines. Une mousse d'un vert fluorescent enveloppe les troncs d'arbres, les branches et les rochers. Des tapis d'ail sauvage se faufilent entre les ronces. Surtout, la source crache. Je ne l'avais jamais vue comme ça. Impossible d'avancer jusqu'au pied de la petite falaise, l'estrade de roche calcaire est recouverte d'eau. Nous restons en retrait, face à la pente terreuse et, en arrière-plan, la grande falaise.

À mes côtés, Amandine ne dit rien, semble impressionnée. Je lui demande si cela correspond à ce qu'elle s'était imaginée, et comme on peut s'en douter, elle me répond que non, pas tellement. D'abord, elle ne s'attendait pas à ce que la deuxième falaise soit aussi proche. Elle n'avait pas pris la mesure du caractère ambigu des lieux. Elle comprend mieux mon trouble.

Elle comprend aussi tout ce que j'ai pu dire de cette forêt. Sur le moment elle n'ose pas employer le mot, mais un peu plus tard elle qualifiera le décor, en prenant des pincettes, et en s'excusant presque, de féerique.

Avec le soleil à travers les arbres qui fait briller la mousse détrempée, il y a de quoi tomber sous le charme. D'autant plus que cinq minutes après notre arrivée, trois jeunes chamois surgissent en bondissant sur les hauteurs, entraînant quelques chutes de gravats et de pierres qui atterrissent dans le ruisseau. Je vois souvent des chamois par ici. J'entends crier les pics-verts et les torcols. On dit même que la forêt abriterait un ou deux lynx. On le dit aussi de la forêt de La Frasnée. Mais je n'ai jamais vu de lynx, ni à La Frasnée ni à Revigny.

En revenant sur nos pas, Amandine, qui est originaire de Grenoble, me rappelle une histoire qu'elle m'a déjà racontée. Elle a passé son adolescence dans le quartier de la Villeneuve, un grand ensemble urbanistique construit dans les années 1970. Elle avait une quinzaine d'années quand elle a assisté à la défenestration d'un homme depuis le dernier étage d'un immeuble. La scène l'a traumatisée, on s'en doute. L'image qui l'a le plus marquée, c'est celle du corps après l'impact. Le corps, ou ce qu'il en restait : de la bouillie, des morceaux partout. En y repensant, elle en déduit que si mon père était tombé du haut de la grande falaise, il aurait littéralement explosé à l'atterrissage.

C'est ce que je me dis aussi. Mais le problème, c'est que je n'ai pas vu son corps.

Je me dis parfois que si je l'avais vu, je n'écrirais pas ce livre.

Enfin, je ne sais pas.

En rejoignant le chemin de verdure où a été prise la photo qui figurait en une du journal, je lui présente autre chose dont je lui ai également beaucoup parlé : un immense tunnel en pierre de taille creusé dans la pente. À quelques dizaines de mètres de l'endroit où mon père est tombé. Une porte noire. Une bouche monstrueuse, silencieuse, monumentale. Une vision hallucinante.

Il s'agit simplement d'un ancien tunnel ferroviaire construit dans les années 1890. Oh, rassurez-vous, je ne vais pas vous faire un cours sur l'histoire des premiers chemins de fer jurassiens, mais je me suis un peu renseigné sur le sujet.

Ce que je peux en dire, c'est que la forêt de Revigny était traversée par deux lignes. Aucune des deux n'est plus en service aujourd'hui, les rails ont été retirés, mais le tracé existe toujours. Les chemins ont été aménagés en ce qu'on appelle des voies vertes, parcours dédiés aux promeneurs, joggeurs et cyclistes, parfois accompagnés d'un chien en laisse. La plus connue des gens d'ici, et la mieux équipée, c'est la voie verte PLM, du nom de la compagnie de construction Paris-Lyon-Méditerranée, qui assurait la liaison entre Lons-le-Saunier et Champagnole. C'est sur celle-ci que mon père aurait mieux fait d'aller se promener.

L'autre ligne passait en contrebas, reliant pour sa part Lons-le-Saunier à Saint-Claude en faisant escale à Clairvaux-les-Lacs.

Ce tunnel fascinant appartient au second tracé. Ce chemin n'est pas tellement aménagé. Je n'y ai jamais croisé personne. Le tunnel est tout de même éclairé. L'édifice, de plus de trois cents mètres de long, est pourvu de détecteurs de présence qui déclenchent l'allumage d'une série de néons fixés au plafond, dévoilant sa pente légèrement montante, son sol défoncé et ruisselant d'eau boueuse et ses parois rocheuses qui lui donnent l'aspect d'une grotte plus que d'un véritable tunnel.

Lors de mes premières visites, je m'attendais à tout, à me faire capturer, trucider, dévorer par un ours ou une famille de morts-vivants. Je me disais aussi que c'était l'endroit rêvé pour croiser le fantôme de mon père.

Ou simplement pour lui parler.

Un lieu calme, isolé, irréel, où je pouvais imaginer qu'il m'écoutait.

Ma voix résonnait, je marchais lentement, et c'est à lui que je racontais tout ça. La vie après sa mort, la vie depuis sa mort. Puisqu'il était parti juste au début. C'est le principe de la mort. Une vie s'arrête, c'est la fin d'une histoire. Mais la mort engendre une nouvelle histoire, dont le défunt est le déclencheur, et dont il n'a pas connaissance. Alors je lui racontais cette histoire. Je lui racontais la semaine qui a suivi la découverte de son corps, tout ce qui s'est passé autour de cet événement, les articles dans le journal, l'avis de décès qui a tant fait jaser, les doutes, les bruits, les rumeurs, les réactions. Je lui racontais son enterrement, les discours, les musiques, le cercueil recouvert de livres et d'objets, et puis le lendemain à La Frasnée, la dispersion des cendres dans le Drouvenant.

Une fois, j'ai voulu l'interroger sur sa chute, lui demander ce qui s'était passé, mais déjà la lumière du jour s'annonçait sur les parois devant moi, plus blanche que celle des néons, et j'ai fini par ressortir du tunnel.

En quittant La Frasnée pour s'installer à Lons-le-Saunier, il a délaissé les pipes, les stylos, les pieds de lampe et les montées d'escaliers. Au moment du déménagement, il a vendu presque tout son matériel – je me souviens que ça a été dur de se défaire de son tour à bois. L'artisanat, le commerce, la vente, tout ça ne lui ressemblait plus. Il a décidé de changer de voie, et il s'est inscrit à l'école d'infirmières, à Lons.

C'était la dernière année où l'inscription était ouverte aux non-bacheliers.

Pour lui, c'était une manière évidente d'engagement, et aussi une marque d'élévation sociale. Il se rapprochait de ses amis, de toutes sortes de personnes qui l'entouraient, qu'il admirait, qu'il enviait. Il intégrait le petit cercle local des travailleurs sociaux militants. Il a commencé à la Clinique du Jura, un établissement privé, avant de rejoindre une maison de retraite puis ce qu'on appelait à l'époque un IRP, Institut de rééducation psychothérapeutique, transformé plus tard en ITEP, Institut thérapeutique, éducatif et pédagogique, pour atterrir enfin dans un centre de soins pour usagers de drogue, anciennement CSST, Centre spécialisé de soins aux toxicomanes, aujourd'hui qualifié de CSAPA, Centre de soins, d'accompagnement et de prévention en addictologie. Je m'excuse pour cette accumulation d'acronymes, mais c'est comme ça que j'ai toujours entendu parler de ces structures, aussi bien chez mon père que chez ma mère, d'ailleurs, lesquels usaient de ces appellations spécifiques avec l'aisance de l'adulte en maîtrise, sérieux, impliqué, concerné.

Mon père est devenu peu à peu une figure de la vie associative lédonienne, à sa manière discrète et fidèle. Il a vécu les choses à son niveau – je pourrais dire, sans rien de péjoratif : à son petit niveau. Son parcours n'a rien eu de spectaculaire. Il n'était pas un héros. Et c'est ce qui me touche depuis sa mort, quand je plonge le nez dans ses affaires, c'est ce que j'aime voir se dessiner, cette trajectoire modeste, et puis cet engagement concret, par la pratique, au jour le jour. C'est ce que je retrouve chez ses amis et tous ceux qui l'entouraient, et qui étaient présents, pour la plupart, à son enterrement, le public des manifs à Lons-le-Saunier.

Eux n'ont pas retourné leur veste. Ils n'ont pas vraiment changé. Ils sont toujours animés par les valeurs et les idéaux de leur jeunesse. Ils n'ont pas renoncé à changer le monde. Et puis ils n'ont pas changé de monde. Ils sont tous encore là, dans le Jura. Ils n'ont pas quitté leur campagne natale.

Hier babas cool, on pourrait les qualifier aujourd'hui d'altermondialistes. En même temps, je n'ai jamais entendu mon père employer ce mot. Et puis l'image qu'il fabrique dans mon esprit ne correspond pas à celle que j'ai de lui. Avait-il une dégaine d'alterno, une gueule d'alter ? Je n'en suis pas sûr.

Depuis trente ans il agissait sur le terrain. Il a consacré l'essentiel de sa vie profession-nelle à mettre en pratique les idées socialistes, au sens philosophique du terme, c'est-à-dire à lutter contre les inégalités, en œuvrant auprès de populations défavorisées, handicapées, rejetées, isolées. Ce fameux *réel* qu'on nous rabâche à longueur de discours, c'était son quotidien. Les cas sociaux, les types ravagés, les éclopés de la vie, les fous, les paumés, les rebuts de la société, il ne les croisait pas qu'au cinéma, dans une représentation trop souvent édulcorée, acceptable, fréquentable, romantique, émouvante ou misérabiliste. Il se les coltinait toute la journée. Il se confrontait à une altérité à la dérive, qu'il tentait d'accompagner, de soulager, d'aider à sa manière. Il n'en retirait aucune gloire.

Puisque je cherche à tout prix à les ranger dans une case, mon père, ses amis et tous ceux à qui ils m'ont l'air de ressembler, la meilleure chose serait peut-être de les présenter comme des petites mains. Les petites mains de la cause sociale. Non pas ceux qui énoncent les idées mais ceux qui les appliquent. Des personnes que l'on taxerait facilement d'hommes de l'ombre. Bien sûr, je ne pense pas que mon père se voyait lui-même comme un homme de l'ombre.

C'est à Passerelle 39, centre de soins pour toxicomanes, qu'il a travaillé le plus longtemps. Il y a été le premier infirmier embauché, à l'occasion de la mise en place des produits de substitution (Subutex) et du système d'échange de seringues (un lot de seringues et un container à rapporter). Au début il fonctionnait autant comme un infirmier que comme un éducateur, ce qui lui convenait très bien. Puis, la structure se développant, son rôle s'est restreint aux tâches strictement médicales, et un fossé a commencé à se creuser avec l'équipe. On lui reprochait de jouer les assistants sociaux et les psychologues, là où il aurait dû s'en tenir à son travail de soin. On lui reprochait aussi son sale caractère.

Sa douceur et sa discrétion, sur lesquelles je me suis attardé, n'étaient pas feintes. Ces grands sourires qu'on lui connaissait, cette tendresse, ces attentions, son éthique, son engagement, tout était sincère et authentique. Mais il n'y avait pas que ça.

Depuis sa mort, à ceux qui me parlent de cette si grande délicatesse qui était la sienne, de son calme, de sa retenue, j'ai envie de répondre en évoquant ses sautes d'humeur. Mais, de même, à ceux qui ne me parlent que de ses colères et de ses coups de sang, j'ai envie de répondre en évoquant sa douceur.

Tous ceux qui l'ont fréquenté sur la durée se sont confrontés aux deux aspects de sa personnalité. Ils ont d'abord été séduits par son personnage, puis tétanisés, glacés par ses coups d'éclat.

Je pourrais faire abstraction de ce tempérament double, de cette nature changeante, et m'en tenir à ce qu'il avait de meilleur. Je pourrais me contenter de dresser la liste des associations socioculturelles et caritatives dans lesquelles il s'est impliqué en tant que bénévole, dire le nombre d'enfants qu'il a parrainés *via* Amnesty International et toutes ces pétitions qu'il signait toujours avec avidité. Je pourrais me focaliser sur sa simplicité, sa disponibilité, sa bienveillance, sa bonté. Mais cela ne serait pas tout à fait honnête. Dans ce cas, ce n'est pas de lui que je parlerais. Ce n'est pas de lui que je me souviendrais.

D'où venait cette violence ? Je serais bien en peine de m'engager sur ce terrain-là. Ce que j'ai fini par noter, à force d'assister à ces scènes délirantes, à ces embardées rageuses, c'est qu'elles marquaient toujours une insatisfaction.

Au départ il y avait une envie, un rêve, une revendication, qui se trouvaient contrecarrés par le fait d'autrui. Il y avait un idéal de vie, qui se heurtait à différents obstacles, qu'il englobait dans le gros sac de la médiocrité. La peur et l'ignorance, les commérages et les potins, le repli sur soi, toute forme de bigoterie, de machisme, d'archaïsme, de conformisme social. Tout cela le déprimait à un point que ça lui faisait mal, qu'il en souffrait. Alors il réagissait, il était piquant, désagréable, il se mettait en pétard. Il n'arrivait pas à faire abstraction, à passer outre, il le prenait contre lui, il se sentait agressé. Parce que ça le renvoyait à son milieu d'origine et à tout ce qu'il avait fui. Parce qu'il était touché de trop près pour prendre du recul, poser un regard bienveillant.

Mais aussi parce qu'il n'avait pas réussi à s'en éloigner réellement, à maintenir ce monde à une assez grande distance. C'était peut-être son grand drame, d'être trop singulier, trop décalé, trop exigeant pour le monde qu'il côtoyait, pour ses collègues de travail, pour sa famille, pour ses voisins, pour ses amis, pour les femmes qu'il rencontrait, trop fou pour une petite vie de salarié à Lons-le-Saunier, mais pas assez, pas assez fou, pas assez tordu, pas assez radical, pas assez brillant, pas assez inventif, pas assez courageux pour la vie qu'il se rêvait.

Une vie d'aventure et de liberté. Une vie imprévisible et stimulante. Une vie d'artiste, peut-être. Des aspirations qui se trouvaient toujours contredites, empêchées, castrées, limitées par cette mentalité rurale, ce petit Jura auquel il restait cloué.

Hormis ses deux années d'objection de conscience en Corrèze, il n'en est jamais parti. Ce n'est pas faute d'avoir évoqué l'idée.

Je me souviens d'une période où il ne me parlait que de ça, de tout plaquer et d'aller s'installer en Afrique ou en Amérique latine : au Maroc, en Bolivie, au Pérou. Il n'était pas contre la grande ville. Paris le fascinait, et il aurait sans doute aimé y vivre. Mais il ne l'a pas fait. Il s'est trouvé toutes sortes de bonnes raisons de rester, comme cette responsabilité de père qu'il devait assumer. Il me disait souvent que s'il ne partait pas, c'était un peu à cause de moi. Mais quand j'ai eu dix-huit ans et que j'ai quitté le Jura, il n'a pas bougé pour autant.

Qu'est-ce que j'aurais aimé qu'il le fasse. Et bien avant ma majorité. J'ai toujours rêvé d'avoir un père ailleurs, un père en vadrouille. À l'adolescence j'enviais les filles et les fils de divorcés dont l'un des parents vivait dans le Sud ou même à l'étranger. C'était plus couramment le père que la mère, et leur enfant ne le voyait qu'à l'occasion des vacances. Si bien qu'il avait l'air de ne pas très bien le connaître.

Il y avait peut-être un peu de ça de mon côté, l'envie de moins connaître mon père. Je pensais que je l'aimerais plus si j'en savais moins sur lui, si je le voyais moins souvent. En imaginant bien sûr qu'il me réserve, pour quelques jours dans l'année, le meilleur de lui-même. Je rêvais d'avoir un père aventurier, un père fascinant, un père courageux, un père libéré. Mais il ne s'est jamais autorisé à mettre les voiles.

Il est mort juste au-dessus de l'ancienne ligne de chemin de fer qui reliait Lons-le-Saunier, sa ville natale, à Saint-Claude, où il a commencé à travailler en tant que tourneur sur bois, tout en faisant escale à Clairvaux-les-Lacs, le fief familial. Parfois je suis frappé par ces effets de cohérence. Comme s'il fallait y voir un signe du destin, une raison particulière. Mais il est mort là où il vivait, tout simplement. À la façon de ces paysans qui n'ont jamais quitté leur ferme et qui s'éteignent dans la chambre où ils ont vu le jour.

Sur une enveloppe : *Libre pensée.*

À l'intérieur, une lettre manuscrite, signée de la main de mon père : *Ceci est mon testament,*

Je soussigné Bailly Christian, né à Lons-le-Saunier le vingt-quatre février mille neuf cent cinquante-quatre, manifeste par le présent ma volonté formelle et irrévocable d'avoir des obsèques purement civiles. Aucune modification aux dispositions ci-dessus ne devra être admise si elle n'a été faite de ma main, même dans un autre testament civil régulier, postérieur ou in extremis et infirmant celui-ci, quelles que puissent être les circonstances de mon décès quand bien même des prêtres ou des personnes affirmeraient m'avoir confessé ou administré les secours religieux, car sous une forme ou sous une autre cet acte aura eu lieu contre ma volonté définitivement exprimée ici. S'il était passé outre à ma volonté en cette matière, ceux qui s'en rendront responsables devront verser à titre

*d'indemnité à la Société de Libre-Pensée de Lons-
le-Saunier, dont je suis membre, et que je charge,
par les membres de son bureau, de l'exécution des
présentes, une somme de vingt mille francs, qu'elle
versera à l'œuvre de bienfaisance de son choix.*

J'ai découvert cette enveloppe dans un tiroir
quelques mois après l'enterrement. Je n'avais
aucune raison valable de culpabiliser, mais
cela m'a tout de même un peu rassuré.

Deux jours avant la cérémonie au funérarium, je devais rédiger un avis de décès à faire
paraître dans le journal. Je n'avais jamais eu à
écrire une chose pareille, alors j'ai regardé sur
internet comment s'y prenaient les autres. J'ai
commencé à écrire ce petit texte en énumérant
quelques noms et prénoms, qui avaient donc
la tristesse d'annoncer le décès de Christian
Bailly. Décès que je qualifiais d'accidentel,
même si à cette période plus que jamais je
nageais en plein doute. Christian Bailly que je
qualifiais d'infirmier, d'artisan et de professeur
de yoga, histoire que tout le monde puisse le
reconnaître. J'en ai profité pour mentionner la
date et l'horaire de la cérémonie civile au funérarium de Lons-le-Saunier. J'ai évoqué la mise
à disposition d'un registre de condoléances.
Pour la question des fleurs, comme l'idée de

gros bouquets informes ou de couronnes m'effrayait plus qu'autre chose, je me suis dit que l'on pourrait s'en tenir aux fleurs des champs et des jardins. J'ai relu mon petit machin. J'ai trouvé ça tellement commun, tellement appliqué et impersonnel, que j'ai eu envie de tout effacer.

Ces premiers jours, on peut le comprendre, j'étais proprement obsédé par l'idée de donner du sens à tout ce que j'entreprenais. Je ne voulais faire aucun compromis. C'était peut-être égoïste de ma part mais je tenais à m'imposer comme le garant de sa mémoire. Je prétendais être celui qui le connaissait le mieux, et de loin. Je me sentais très proche de lui. Je me sentais comme investi d'une mission, je voulais qu'il soit présent à son enterrement, à travers moi, à travers ce que j'allais faire et ce que j'allais dire. Il fallait que tout soit réussi, que tout soit parfait.

En reprenant l'avis de décès pour le journal, après les fleurs des champs et des jardins, j'ai ajouté : *Sans chiens ni curés*. C'est sorti tout seul. J'ai envoyé le texte par mail, il a été publié le lendemain.

Les semaines suivantes, j'ai reçu plusieurs courriers de prêtres qui s'étaient interdit d'assister aux obsèques. J'apprenais aussi qu'on s'offusquait du fait que les chiens passent avant les curés. Je n'avais pas imaginé une seconde qu'on pourrait le prendre au premier degré.

Si un curé ou même un chien avait voulu assister à la cérémonie, je l'aurais accueilli bien volontiers, pensez-vous. Un labrador catholique. Toute l'arche de Noé. Un chamois musulman, une marmotte juive... Oh là là, mes aïeux, quelle affaire.

Le pire, oui, c'est que je me suis remis en question. Non pas que cela me parût nécessaire. Mais on mettra ça sur le compte de ma faiblesse de caractère. Je ne peux pas m'empêcher de m'en vouloir, de me sentir coupable à la moindre occasion. Dès que je m'exprime un peu trop fort, j'ai tendance à le regretter, à avoir peur de m'être emporté, d'avoir fauté.

Durant la semaine de l'enterrement j'étais complètement sonné, et en même temps plein d'énergie. Bien sûr, c'était une énergie grave, sombre et douloureuse, mais je n'étais pas plombé. Je ne dormais et ne mangeais presque pas. J'aurais pu n'être capable de rien. C'était le contraire, je me sentais incroyablement vivant.

Moi qui suis d'ordinaire si réservé, toujours en retrait des choses, je n'ai jamais été aussi actif. Il y avait une place à prendre, j'ai sauté sur l'occasion. J'avais besoin d'assumer ce rôle du fils qui prend ses responsabilités.

Et puis, tout simplement, il m'arrivait quelque chose d'important, quelque chose qui ne ressemble pas à la vie normale, au quotidien avec femme et enfants. Quelque chose de tellement fou que je n'arrivais pas à y croire.

Évidemment c'était trop tôt, trop frais pour assimiler, intégrer, réaliser quoi que ce soit. C'était aussi trop flou.

Il y avait bien cette version élaborée à partir de l'enquête de gendarmerie, une glissade en forêt lors d'une sortie aux champignons, mais ça me semblait tellement ridicule comme façon de mourir que j'avais du mal à m'en contenter.

Je ne pouvais pas m'empêcher de cogiter, d'interpréter, de suspecter, pour me protéger de la réalité, pour ne pas l'appréhender trop frontalement.

Je me raccrochais à l'intellect, aux idées, pas à de grandes idées, je ne philosophais pas, non, je me raccrochais à des idées simples, celles qui permettent d'échapper, de s'évader, celles qui sont à la base des histoires. Le genre d'idées qui servent à fabriquer une intrigue. Pour ne pas me laisser dévaster par le doute et l'émotion, je me raccrochais aux branches de la narration. Je tissais une toile romanesque pour me retenir à ses fils. Je n'avais guère à me forcer ; j'avais même l'impression que la toile se tissait à mon insu.

La toile, ou plutôt les multiples amorces.

C'était en fait comme une myriade de petits fils fragiles qui se balançaient sous mes yeux et que je tentais d'attraper à la volée pour me stabiliser un minimum.

Il suffisait d'un coup de téléphone, d'un courrier, d'un mot pour que l'atmosphère, le petit monde autour de moi, les paysages du Jura que je traversais en voiture et à pied s'imprègnent soudainement des couleurs, de la saveur, du ton d'un téléfilm policier du vendredi soir sur le service public.

Il y a eu cette femme qui prétendait avoir croisé sur la voie verte PLM un homme un peu dérangé s'amusant à enjamber les barrières de sécurité et à appeler à l'aide en menaçant de se suicider. Nous nous sommes donné rendez-vous en centre-ville et je lui ai montré une photo de mon père, sa réaction a été sans équivoque : ah non, pas du tout, ce n'est pas cet homme-là. Mais cette histoire en faisait naître une autre. Mon père aurait pu lui aussi avoir rencontré cet homme dérangé. Il se serait approché pour tenter de le dissuader de se foutre en l'air et l'homme l'aurait attiré pour le pousser dans la pente.

Il y a eu cette carte postale envoyée par une certaine Chantal qui lui demandait pardon pour jeudi dernier, soit le jour de la chute. Je l'ai appelée aussitôt, elle m'a expliqué qu'elle devait rejoindre mon père à midi et qu'ils avaient prévu d'aller se promener ensemble. Au dernier moment elle avait annulé sa visite. Elle a ajouté que mon père lui avait paru très contrarié par ce revirement. Je lui ai dit de ne pas s'en vouloir, que ce genre de réaction lui ressemblait.

Plusieurs personnes prétendaient avoir été appelées sur le coup de midi par mon père, mais elles n'avaient pas pu répondre.

Je reconstituais peu à peu ses derniers instants de vie, sa dernière matinée. Je sais qu'il avait fait le marché. Je sais qu'il avait déjeuné seul, et qu'il avait cherché de la compagnie pour aller se promener. Et ensuite ?

Personne n'avait la réponse.

A-t-il été emporté par un éboulis ?

Assommé par un rocher ?

Déstabilisé par une guêpe, un frelon ?

Attaqué par une bête ?

Gilbert, un de ses amis les plus proches, avait entendu à la radio une brève à propos d'un kangourou qui s'était échappé d'un zoo des environs. Il y avait peu de chance pour que mon père ait croisé la route de cet animal égaré en pleine forêt de Revigny, mais ça nous a quand même traversé l'esprit.

Nous ne voulions refuser aucune éventualité, de crainte de passer à côté de la vérité.

Les connaissances lointaines se faisaient plus vite un avis arrêté. La rumeur du suicide se répandait chez ceux qui en savaient le moins. C'était la petite histoire du moment, que l'on se racontait au café ou au téléphone. Avec éventuellement une certaine jubilation à manipuler quelques phrases chocs : *Tombé sur la tête. Tué sur le coup. La grande falaise dans le virage en épingle. À trois mois de la retraite. Non, y a pas de mots. C'est horrible de mourir comme ça.*

Mourir comme ça...

J'aimerais bien savoir comment. J'avais besoin de savoir, moi. J'avais besoin de savoir, pour y croire.

Les deux premiers jours, j'attendais de le voir. Je savais que cela risquerait d'être difficile, choquant, terrible, peut-être insoutenable. Mais il fallait que je le fasse. Pour tout dire, j'en avais envie. C'était un peu masochiste. Il fallait que je me prenne une vraie claque dans la gueule, la claque définitive – et quasi la première de sa part. Il fallait que je me confronte une dernière fois à l'autorité paternelle.

Devant son corps mort, je ne risquerais pas de faire le fier. C'est peut-être ce que je cherchais, à être remis à ma place, comme qui dirait. Pour arrêter de douter de tout et de tout le monde et de trouver toutes sortes d'échappatoires pour ne pas y croire.

Mais ces deux premiers jours, chaque rendez-vous à la morgue était reporté : plutôt demain ; on vous rappelle dans quelques heures. Puis le couperet est tombé : hélas, ça ne va pas être possible. Les trois jours passés dehors, dans un environnement humide, avaient laissé trop de traces. Sans compter les hématomes et les plaies à la tête causés par la chute. Le corps était trop abîmé. Le thanatopracteur ne pouvait rien faire. Au téléphone, il a évoqué brièvement ce qu'il a découvert en ouvrant la chemise de mon père : un grouillement de larves et d'insectes nécrophages. Comme il a dit, la nature reprenait ses droits. L'employé des pompes funèbres disait quant à lui : la nature fait son travail.

Les premiers mois, ça me paraissait sans fin. Je me plantais devant les bibliothèques et les placards grands ouverts, et je me sentais abattu, déprimé. Tu m'étonnes que certains fassent appel à une entreprise spécialisée. Mais je n'avais pas l'intention d'en passer par là. Alors je m'y suis mis petit à petit, toujours seul, à l'occasion d'un week-end ou de quelques jours de vacances. Mine de rien, je commence à y voir un peu plus clair.

C'est encore loin d'être terminé. Disons que ça avance. Du côté de la paperasse administrative, qui semble une montagne à en écouter certains, tout a été très simple : mon père n'avait pas d'autres biens de valeur que son petit appartement. Non, les affaires dans lesquelles je me replonge à chacun de mes séjours jurassiens ne sont pas des factures ou des contrats, mais toute une documentation personnelle, comme autant de traces de son existence passée : cahiers, carnets, pochettes, chemises, dessins, classeurs, prospectus, revues, articles de journaux, comptes rendus de conférences, cours par correspondance.

Trente ans de célibat, ça laisse le temps d'essayer un paquet de trucs.

Une vie d'artiste, d'abord. Du théâtre, il en a fait, comme en attestent un album photo entier et quelques vieux masques en plâtre, mais je dois avouer que je n'en ai aucun souvenir. La musique, ça, je n'ai pas oublié. Il a essayé d'apprendre à jouer de la guitare, du piano, de l'accordéon. Je retrouve son accordéon dans la cave, et dans les tiroirs du grand meuble du salon, plusieurs harmonicas, guimbardes et ocarinas. Le dessin, ça remonte à la période où il vivait avec ma mère : des paysages du Jura au crayon, quelques portraits, franchement pas terribles. Un peu plus tard il s'est lancé dans les coloriages hindous, ce qu'on appelle les mandalas, il paraît que ça détend, bon. L'écriture, c'est ce qui l'a sans doute le plus travaillé. Je tombe sur des romans inachevés, des dizaines de cahiers dont seulement les cinq premières pages sont noircies, le reste étant totalement vierge. Il participait à des concours de nouvelles, recevant parfois des avis négatifs assez cinglants. Son style était lourd et maladroit. Ses amorces de romans et ses nouvelles, autant le dire, c'est une catastrophe. Ses amis m'en voudront de l'écrire, mais il n'y a pas de quoi. Il n'y arrivait pas. Ce n'est pas grave. Il a essayé. Il a pris part à des ateliers d'écriture. Il en a même animé, auprès de prisonniers. Ça n'a pas duré longtemps. Comme presque tout ce qu'il entreprenait.

Il a tenu un journal intime pendant trois mois, de janvier à mars 2001. Une trentaine de pages. Son écriture y est d'ailleurs beaucoup moins ampoulée que dans ses textes de fiction. Il entendait à la radio un auteur de nouvelles, un auteur de romans d'aventures, un auteur de journaux intimes, qui parlait de sa pratique, ça lui donnait envie de s'y mettre et il achetait un nouveau cahier. Le temps d'une semaine ou deux, il y croyait. Il se demandait s'il n'était pas en train de devenir écrivain, s'il n'allait pas enfin réussir à changer de vie.

Il savait qu'une autre vie que le salariat était possible, il l'approchait parfois, l'effleurait, la fantasmait. Il vénérait le livre comme objet, comme symbole, parce que des livres, il n'y en avait pas chez ses parents. Il adorait visiter les maisons d'écrivains : la maison de Balzac à Paris, de Victor Hugo à Villequier, de Pierre Loti à Rochefort. Quand il visitait une maison d'écrivain, de même qu'un grand musée ou une exposition rétrospective, il avait toujours besoin de s'identifier, comme un adolescent face à un film de super-héros. Il se rêvait en Courbet, en Matisse, en Picasso. Il rachetait un carnet de croquis, taillait ses crayons de couleur, et au bout de quelques jours il s'essoufflait. Il se lassait. Il ne prenait peut-être pas de plaisir. Il n'y croyait pas assez. Il ne réussissait pas à s'engager vraiment. Ce n'était pas lui, tout simplement. Mon père n'était pas un artiste.

Il était infirmier à Lons-le-Saunier et il enchaînait les relations courtes, il aimait les randonnées en nature, le ski de fond et le vélo, il aurait pu se complaire dans cette routine. Mais il en voulait plus. Il avait besoin de s'occuper. Et puis il avait envie de s'éduquer, de combler des lacunes, d'acquérir certaines qualités, certains savoirs.

Il a essayé d'apprendre plusieurs langues étrangères, l'arabe, l'anglais, l'espagnol, le japonais, toujours avec des professeurs particuliers. Il s'est initié au tarot divinatoire, à la chiromancie, à la numérologie, au jeu d'échecs, à l'origami, à la technique des ombres chinoises. Il a voulu découvrir la philosophie, en s'abonnant aux fiches Philo facile. Il s'est intéressé à l'histoire des Indiens d'Amérique grâce à une collection de fascicules des éditions Atlas. De la même façon, il a voulu connaître l'histoire du jazz et de l'Égypte ancienne. Il a suivi des journées d'initiation à la reconnaissance des chants d'oiseaux, des traces d'animaux, des constellations astronomiques. Il a commencé à constituer un herbier. Il s'est abonné à toutes sortes de revues, littéraires, médicales, touristiques, politiques, musicales, dont il recopiait des pages entières, toujours à la main, au stylo plume, un de ceux qu'il avait fabriqués lui-même, et il archivait ces feuilles blanches A4 qu'il perforait et dont il consolidait les trous avec des œillets dans des classeurs auxquels il ne retouchait pas. Parce qu'il était passé à autre chose. Parce que ça ne l'intéressait plus.

Ne s'est-il jamais vraiment intéressé à tout ça ? Intéressé sincèrement, réellement ?

Il aurait aimé être ce genre de personne incarnée, qui possède une spécialité singulière, qui lui consacre tout son temps libre, qui rencontre et séduit l'autre par ce biais, qui a trouvé un sens à sa vie. Mais il a passé toutes ces années à papillonner.

C'est dans le secteur du soin qu'il s'est le plus investi, en multipliant les formations professionnelles, en diététique et naturopathie, en phytothérapie, en ethnomédecine, en PNL, en analyse systémique. Il s'agissait le plus souvent de cours par correspondance, qu'il potassait le soir et le week-end. Il finissait par obtenir un certificat voire un diplôme.

Puis il oubliait tout. Il était le premier à le dire, il avait une mémoire de poisson rouge. Quel dommage, quel gâchis. Quand on pense au nombre de séminaires et de formations auxquels il a participé, on peut imaginer que s'il avait tout assimilé, il serait devenu une personne d'une richesse incroyable, une personne passionnante et sans doute un brin originale. Mais il ne baissait pas les bras pour autant. Il remisait ses cahiers et ses classeurs, et il en sortait d'autres, flambant neufs. Il changeait de sujet, de domaine, et s'inscrivait à de nouveaux stages, de nouvelles formations, assistait à de nouvelles conférences.

Ça, c'était un truc qui lui plaisait, les conférences. Sur les bienfaits de l'argile, sur la méditation, sur l'Union européenne, sur le big bang, sur tout et n'importe quoi. Il rattrapait le temps perdu, lui qui n'avait pas fait d'études. En écoutant le discours des spécialistes, il remplissait des carnets de notes, qu'il mettait ensuite au propre puis agrémentait de prospectus glanés sur un présentoir ou une table d'accueil et d'un article de journal annonçant ou témoignant de l'événement, article accompagné d'une photo, parfois une photo du public, sur laquelle il pouvait apparaître, article et photo qu'il s'amusait alors à photocopier en plusieurs exemplaires, utilisant la machine du travail, ce que ses collègues ne manquaient pas de déplorer, le tout, notes, prospectus, articles et photocopies, finissant par rejoindre une de ses étagères déjà surchargées d'archives personnelles. Il avait besoin de tout garder, au cas où il en viendrait à oublier, non pas le contenu mais les expériences, les semaines et les soirées, les initiatives, le parcours, le chemin, celui qu'il avait accompli seul et qui l'avait mené du prolétariat à l'action sociale, du rugby au yoga, du bal des pompiers au festival de musique baroque d'Ambronay, de Clairvaux-les-Lacs à Lons-le-Saunier.

Il a été, pendant des années, le premier à se plaindre de l'absence de médiathèque dans sa ville. Mais le premier aussi à se réjouir de son ouverture récente et à en profiter.

C'était une idée qui lui tenait à cœur, de rappeler à qui veut voir les choses de façon trop simpliste que le monde rural n'est pas un repaire de rustres, d'illettrés, de racistes et de pédophiles. Tout comme il aimait à répondre à ceux qui passent leur temps à regretter la pauvreté de l'offre culturelle locale qu'en se renseignant par soi-même, en demandant le programme, en lisant les affiches sur les vitrines des magasins, en s'abonnant aux newsletters, ils se rendraient compte qu'à Lons-le-Saunier et aux alentours on trouve tout de même de quoi sortir chaque soir et bien remplir ses week-ends.

Le choix reste toutefois limité. Je ne suis pas sûr qu'il y en ait vraiment pour tous les goûts. Mais pour mon père, c'était suffisant. Ça lui convenait même parfaitement.

Une salle de cinéma art et essai. Toute une tripotée de petits festivals : de théâtre de rue, de musique du monde, de musique classique. Un spectacle de cirque au parc municipal. Un rassemblement écolo solidaire. Des soirées conte et poésie, des cafés philo, un film de la collection Connaissance du monde. Il passait de l'un à l'autre, au gré de ses envies.

Et puis ces rassemblements étaient l'occasion de socialiser, de retrouver des amis, et de rencontrer des femmes. Des Catherine, des Sylvie, des Françoise, des Anne-Marie, des Brigitte, des Agnès, des Laurence, des Nadine, des Roseline, des Michèle, des Annick, des Christine, des Flora, des Anne, des Nicole, des Ghislaine, des Geneviève, des Josiane, des Marie-Andrée, des Corinne, des Alexan-dra, des Évelyne, des Mireille, des Noëlle, des Joëlle, des Nathalie. Qui s'ennuyaient dans leur couple et se servaient de mon père pour vivre une petite aventure. Des Lady Chatterley du Jura. Ou bien des femmes revenues d'un premier mariage décevant et qui découvraient en lui un être sensible, délicat, à l'écoute, pratiquant de langoureux massages à base d'huile Weleda et suivant une formation continue, à Lyon, étalée sur quatre ans, pour enseigner le yoga : sur le papier, on n'était pas loin de l'homme idéal.

Il n'était pas comme les autres. Il ne faisait pas son malin. Ou alors, pas de la même façon que les autres. Il n'était pas viril, ne jouait pas les machos. Cette expression, les *petites mains*, c'est aussi en opposition aux gros bras. Ce n'était pas un bourrin. Pas un mec comme on l'imagine, qui raconte des blagues et qui rigole fort. Il était doux et attentionné, je l'ai déjà dit. Cela plaisait aux femmes.

Ce qui leur plaisait aussi, c'était son intérieur. Durant la petite trentaine d'années qu'il a passée à Lons-le-Saunier, il a vécu dans cinq appartements différents. Il déménageait pour avoir plus d'espace, plus de lumière ou plus de calme. Il était incapable de faire du tri, et au fil des années il accumulait de plus en plus de matière. Dossiers, cahiers, classeurs, mais pas seulement. Au téléviseur à écran plat, au canapé en cuir, au mobilier Ikea et à la cuisine équipée, il a préféré tout un petit monde matériel étonnant : meubles chinés, vaisselle dépareillée, objets en bois, panières en osier remplies de jouets, bougeoirs, lampes, vases, fleurs en tissu, figurines suspendues au bout d'un ressort et qui tombent du plafond (abeille, clown), mobiles oiseaux (mouette, perroquet), boîtes à musique, gros ballon en plastique bleu accroché au coin supérieur du salon, statuettes en terre cuite, cartes postales par dizaines aux murs, affiches de cinéma et de spectacle, photos et peintures, le tout se côtoyant librement, sans complexe. Des associations incongrues et une profusion d'éléments qui dénotaient assurément une singularité de caractère, et une certaine naï-veté, aussi. Il y avait quelque chose d'enfan-tin dans sa façon d'investir son intérieur. Ça ne renvoyait à aucune mode, aucun modèle social. C'était sans doute trop quotidien pour être considéré comme une œuvre d'art brut mais ça reste la comparaison qui me semble la plus juste. Ce n'était pas le capharnaüm d'un vieux garçon monomaniaque, c'était vraiment un endroit chaleureux, joyeux, coloré, vivant. J'imagine que c'était un enchantement pour toutes les femmes qu'il accueillait chez lui.

Certaines ont dû s'y voir, dans une seconde expérience de couple, espérant peut-être finir leurs vieux jours à ses côtés.

C'était trop beau pour être vrai.

Elles pouvaient passer sur les premières réactions épidermiques, les premières colères, mais au bout d'un moment elles craquaient. Elles claquaient la porte et ne donnaient plus de nouvelles. Parfois, il s'en étonnait : Tu te rends compte, elle est partie sans rien dire, sans explication.

Il était le premier à s'offusquer de la violence des autres, elle pouvait le révolter, le scandaliser, et il montait facilement au créneau pour la dénoncer. C'est ce qui l'horripilait tant chez les chiens, l'agressivité de leur comportement, les aboiements. Mais je ne l'ai jamais entendu aborder la question de ses propres coups de sang. Sa violence à lui, il était incapable de la considérer. Il fermait les yeux dessus. Il mettait tout sous le tapis. Il se blindait, comme font les hommes.

Il ne s'ouvrait que sur ses conséquences. Je l'ai si souvent entendu se lamenter de sa solitude et de ses multiples échecs, me répéter en pleurant qu'il n'y arrivait pas, qu'il ne savait pas faire, et je finissais par me lever de ma chaise pour aller le prendre dans mes bras.

Mon père, sans être un héros, était-il pour autant un antihéros ? Un perdant éternel ? Comme s'il n'y avait pas d'alternative.

Je n'arrive pas à le voir comme un parfait loser. Parce qu'il ne s'est jamais relâché. Il s'est toujours accroché, il est resté en mouvement.

Au terme de ses quatre ans de formation, il est devenu diplômé, à plus de cinquante ans, de son école de yoga. Il s'est mis à donner des cours à Lons-le-Saunier, un soir par semaine, et à animer des stages le week-end. Il était apprécié et refusait chaque année un grand nombre d'élèves.

Il trouvait dans le yoga un certain apaisement. Un apaisement de surface, peut-être, mais voilà quelque chose à quoi il s'est tenu. Tous les matins, il faisait ses exercices d'assouplissement et de respiration au milieu de son petit salon. Là encore, il ne cessait de remplir des cahiers de notes sur le sujet et de se perfectionner auprès de yogis confirmés dès qu'il en avait l'occasion.

La veille de la cérémonie, en fin d'après-midi, je n'avais toujours pas écrit la moindre ligne du discours que je prévoyais de lire en ouverture. Je n'avais pas envie de m'y mettre, et j'avais l'impression d'avoir tout mon temps pour le faire. J'ai pris mon téléphone et une bouteille d'eau et j'ai quitté l'appartement. Je suis monté dans sa voiture et j'ai accompli exactement le dernier trajet de mon père, traversant les villages de Perrigny et Conliège avant de bifurquer pour grimper dans les bois jusqu'à atteindre le premier plateau. Puis j'ai continué en direction de Publy et je me suis arrêté rapidement, à l'endroit où il s'était garé, le long de la route, sur un petit carré de verdure. Contrairement à lui, j'ai remonté les vitres de la voiture.

Un champ labouré s'étendait devant moi, bordé par quelques arbustes qui laissaient deviner, au-delà, la grande falaise à pic en surplomb de la forêt.

À ma droite, un sentier pédestre s'enfonçait dans le bois. Deux planchettes clouées sur un tronc d'arbre indiquaient la voie verte PLM dans un sens et le belvédère de la Guillotine dans l'autre. J'ai avancé en direction de la voie verte, je suis entré dans le bois.

Le chemin était étroit et j'ai longé, sur ma gauche, la forêt en dévers où mon père s'était engagé. Je voyais bien où il avait quitté le chemin pour commencer à descendre, peut-être en se retenant aux arbres quand il le pouvait, tout en piétinant un parterre humide de branches cassées, de feuilles mortes, de ronces et de fougères. Je ne voulais pas prendre de risque, je marchais lentement, sans dévier du sentier, et j'étais sur le point de rejoindre la voie verte quand j'ai aperçu une silhouette qui remontait dans la forêt. Je me suis arrêté et j'ai vu arriver un homme dans un manteau kaki, coiffé d'une casquette et chaussé de grandes bottes, l'allure parfaite du cueilleur de champignons. Je lui ai demandé confirmation : est-ce que c'est un coin à morilles, par ici ? Il s'est contenté de hausser les épaules en baissant les yeux. J'ai compris qu'il me croyait intéressé et qu'il ne voulait pas partager son filon, alors je lui ai expliqué mon cas. Je lui ai dit que j'étais le fils de l'homme retrouvé mort en contrebas la semaine dernière et que le gendarme chargé de l'affaire pensait qu'il était parti chercher des champignons, des morilles précisément. En lui posant cette question, je voulais simplement savoir si le secteur avait réellement cette réputation. Cette fois, il a bien voulu me parler. Il m'a répondu avec un air peiné que c'était effectivement un coin à morilles, et il a ajouté qu'un promeneur était déjà tombé l'an passé à peu près au même endroit, qu'il n'en était pas mort mais qu'il avait fallu l'intervention d'un hélicoptère pour le secourir. J'étais au courant, les gendarmes m'avaient raconté ça, pour insister sur la dangerosité des lieux. J'ai remercié le cueilleur de champignons en lui disant de faire attention, et j'ai poursuivi mon chemin.

J'ai fini par rejoindre la voie verte et son revêtement en graviers fins, ses balustrades en rondins de bois, ses tables de pique-nique et ses panneaux d'informations, dont un qui recommande de ne pas s'écarter du tracé afin de respecter les milieux naturels des animaux. Plus loin, j'ai lu un petit topo sur l'instabilité des sols de la forêt de Revigny, parsemés de failles argileuses et propices aux glissements de terrain, ce qui explique la présence d'une succession de parapets en pierre de taille tout au long du parcours de l'ancienne voie ferrée. Ce tronçon de la ligne PLM avait également impliqué la réalisation de nombreux tunnels, que j'ai traversés les uns après les autres, déclenchant à chaque entrée l'allumage automatique au néon et découvrant ces conduits nettoyés et réhabilités, rien à voir avec le tunnel du bas. Ici je ne m'attendais pas à rencontrer un quelconque fantôme ou monstre des cavernes. Le cadre ne se prêtait pas à ce genre de divagation.

Pourtant il existe quelques légendes associées au secteur. Des histoires bien antérieures à la construction des voies ferroviaires. Par exemple, celle du berger qui un beau jour a trouvé une image sainte dans une grotte et s'en est emparé pour la déposer dans l'église de Conliège. Le lendemain, l'image avait disparu. Le berger est remonté dans la forêt et l'a retrouvée dans la grotte. De nouveau il l'a descendue, et cette fois, le lendemain, elle s'était logée dans les rameaux d'un gros arbre en bordure du village. C'est ainsi qu'en lieu et place de cet arbre avait été érigée une chapelle.

Des histoires comme celle-ci, de disparitions d'images ou de statues qui réapparaissent, il en existe dans toutes les campagnes. Elles devaient venir combler quelque situation irrationnelle, incomplète, mystérieuse, dans le genre de celle que je vivais actuellement, et par là même apaiser les personnes confrontées à ces événements. Une telle histoire serait impossible à faire gober à qui que ce soit aujourd'hui. On ne construit plus guère de chapelles de nos jours.

Mais elles sont toujours en place. De même que les tunnels et les petites gares qui parsèment le parcours des anciennes liaisons ferroviaires.

Les gares sont désormais habitées. Les tunnels sont réaménagés – certains sont transformés en champignonnières ou en caves de stockage par des viticulteurs. Les chapelles sont presque toutes fermées à clé.

La nuit n'allait pas tarder à tomber, et j'étais sur le point de faire demi-tour quand je me suis rendu compte que je me trouvais au pied de l'ermitage.

L'ermitage de Conliège : en lisière du premier plateau, dominant toute la vallée jusqu'à Lons et bien au-delà, un ensemble de bâtiments vieux de près de cinq cents ans.

Je ne mens pas quand je dis que mon père est mort dans un site fabuleux. Un site qu'il connaissait comme sa poche et qu'il n'a jamais cessé d'arpenter.

Je n'y étais pas retourné depuis des années mais je me souvenais parfaitement du chemin qui menait à l'ermitage. J'ai escaladé une dizaine de minutes dans les bois. Un porche en pierre marquait l'entrée sur les lieux. Comme j'y voyais encore un peu clair, je me suis faufilé entre les bâtisses pour aller me planter face au panorama. Le soleil venait de se coucher, la ville et les monts du Mâconnais baignaient dans une brume bleutée. J'ai pris place sur un muret qui encercle le domaine, je me suis assis les jambes dans le vide et j'ai sorti mon téléphone de ma poche. J'ai commencé à noter quelques idées pour mon discours.

Finalement je n'ai pas lâché mon téléphone pendant plus de deux heures. Je répétais certaines phrases à voix haute, puisqu'elles étaient destinées à être lues. Je ne dérangeais personne, ici.

Maintenant il faisait nuit noire et les yeux me piquaient. J'espérais que la lune apparaîtrait mais le ciel était couvert. J'avais oublié la bouteille d'eau dans la voiture de mon père. Pour autant, je ne voulais pas rentrer.

J'ai décidé de passer la nuit sur place. Je me suis réfugié dans la bergerie, le seul bâtiment à rester ouvert en permanence, qui sert d'hébergement pour des randonneurs au long cours. À l'étage, un vieux fauteuil en cuir m'attendait, j'ai relu et récrit mon texte encore et encore, puis à trois heures du matin je l'ai envoyé par mail à Amandine, en lui demandant de me l'imprimer à son réveil avant de prendre la route avec nos deux filles pour me rejoindre dans le Jura.

J'ai dormi à peine une heure dans mon fauteuil. J'ai attendu le lever du jour pour sortir de la bergerie. Le soleil éclairait le sommet des collines environnantes. J'avais besoin de me dégourdir les jambes et j'ai commencé à sautiller et à trottiner en me frottant les mains. J'avançais vers les jardins de l'ermite, et j'ai stoppé net mon élan en découvrant celui que l'on appelle le gisant. Je n'en avais aucun souvenir.

Une sculpture en pierre, de taille humaine, allongée sur le dos.

On ne pouvait pas faire plus signifiant.

Mais il était bel et bien là, réellement, sous mes yeux. Un corps de pierre en trois morceaux, tranché au niveau de la tête et du bassin.

Un fossile humain, à côté duquel je pouvais m'allonger, contre lequel je pouvais me serrer, à la surface duquel je pouvais gratter du bout des doigts la mousse fine et le lichen incrustés dans ses rainures, ses creux, ses plaies, ou simplement poser une main, sur le visage, le

torse, le ventre, les cuisses froides, tout était
froid, froid et dur, rugueux, râpeux.

Je me suis relevé et je suis resté sans bouger
un moment, puis j'ai monté un escalier qui
mène à la terrasse où s'étendaient autrefois les
vignes de l'ermite. En me retournant je pouvais contempler le gisant quelques mètres plus
bas. Je n'en revenais pas. C'était très impres-
sionnant. Mais bon, c'était comme ça. Je me
suis dit qu'en sortant de chez soi, on prenait
le risque de trouver, de trouver un peu.

J'ai quitté l'ermitage et je suis redescendu
dans la forêt. Une fois sur la voie verte, j'ai
retraversé les tunnels en sens inverse, jusqu'à
retrouver la voiture de mon père.

Cette semaine me semblait une longue journée continue, sans respiration, sans temps
mort. Tout s'enchaînait, et je ne me facilitais
sans doute pas la tâche en me rajoutant ces
sorties, ces errances, je ne sais pas comment
appeler ça.

En arrivant chez lui je me suis précipité sous
la douche. C'était autant pour me laver que
pour me réchauffer. Puis j'ai remis les mêmes
habits que je portais depuis quatre jours. Par

une sorte de superstition idiote, je ne voulais rien changer de ma tenue, au moins jusqu'à la cérémonie.

Amandine m'a confirmé par SMS la bonne réception du discours, qu'elle venait d'imprimer. Elles étaient sur le point de quitter Lyon. On se retrouverait directement au funérarium.

J'ai préparé les CD contenant les morceaux que je souhaitais diffuser, puis j'ai sorti un sac de voyage d'un placard dans la chambre de mon père. J'ai commencé par les livres, ceux qui avaient été importants pour lui, ceux dont il me parlait souvent. Mais je ne voulais pas m'effacer totalement, j'estimais avoir mon mot à dire, et je ne choisissais finalement que des livres qui me plaisaient aussi. Je piochais parmi ses livres ceux que j'avais envie de lui associer, et je les glissais un à un dans le sac. J'ai continué avec les cartes postales qui étaient aux murs, j'ai retiré les punaises et vidé les cadres. Puis j'ai fait le tour des étagères et des tiroirs, où j'ai ramassé toutes sortes d'objets, des pipes et des stylos de sa propre fabrication, un harmonica, un vélo miniature en bois, plusieurs bougies, des toupies, un peigne en corne, une statuette rapportée d'Amérique centrale, une autre statuette en bois figurant une posture de yoga, une paire de lunettes de vue aux verres fendus, un jeu de sept familles, une fléchette rose, un jeu de tarot de Marseille, un flacon de baume du tigre rapporté d'Inde, et enfin, un chapeau noir.

L'été il portait souvent un chapeau. J'en ai retrouvé une dizaine chez lui, en paille, en feutre, en tissu. L'hiver il ne sortait jamais sans un bonnet.

Il était chauve, comme ses trois frères, tandis que leur père à tous les quatre, à quatre-vingt-dix ans passés, possède encore tous ses cheveux. À l'adolescence on me répétait que je n'avais pas de souci à me faire, puisque le phénomène sautait une génération. Une belle connerie.

Malgré la nuit à l'ermitage, je suis arrivé en avance au funérarium. J'ai passé un peu de temps seul face au cercueil ouvert. Le corps était emballé dans une grande housse blanche. Puis l'employé des pompes funèbres est venu remettre en place et sceller le couvercle.

Le hall du funérarium se remplissait petit à petit. Certains restaient dehors, sur le parvis, pour fumer et profiter du soleil.

Je commençais à comprendre que l'acte de décès faisait beaucoup parler. On me disait : t'as fait fort. On me disait : il aurait aimé. Quelqu'un est venu me demander si par les chiens j'entendais les faux-culs, les hypocrites. Quelqu'un d'autre, que je savais pourtant très pieux, est venu me dire que les curés, d'accord, il pouvait comprendre, avec la religion chacun faisait bien comme il voulait, mais alors les chiens, ça le dépassait. C'est tellement gentil, un chien.

On ne venait pas me voir que pour ça, bien sûr. On m'agrippait par les épaules et on m'embrassait, avec les yeux rougis, en reniflant, en s'épongeant les joues, en secouant la tête. Ou bien on m'observait de loin. Je me sentais un objet de curiosité, épié, scruté, et attendu. Je représentais l'entourage proche à moi tout seul.

Est-ce que j'avais la pression ? Je ne sais plus.

J'ai retrouvé Amandine et nos deux filles, dont la dernière n'avait que deux mois. Mon père ne l'avait vue qu'une seule fois.

En y repensant, je crois que oui, j'avais la pression. Je ne voulais vraiment pas me rater. Je voulais lui faire un bel enterrement. Je voulais surtout que ça lui ressemble. J'avais peur que cela passe trop vite, qu'il n'en reste rien, que cela soit trop banal, trop fade, trop comme il faut, quelques poèmes neuneus, un peu de Vivaldi, et hop, voilà, c'est fini.

Mais non, cela s'est bien passé.

La salle des adieux étant trop petite pour accueillir tout le monde, on a ouvert les portes-fenêtres, et plus de la moitié de l'assistance a suivi la cérémonie depuis le parvis du funérarium grâce à des haut-parleurs extérieurs. Le cercueil est arrivé sur un chariot à roulettes et l'employé des pompes funèbres a lancé le premier morceau de musique. Je me suis approché avec le gros sac de voyage plein à craquer et me suis mis à recouvrir le cercueil de tous les livres et objets que j'avais préparés, les statuettes, les bougies, les jouets, les instruments de musique, les pipes, le vélo miniature. J'ai positionné le chapeau au niveau de la tête. J'ai collé sur les flancs de la boîte les cartes postales. Il était beau, comme ça, son cercueil. Il était magnifique.

Puis j'ai lu, pendant une vingtaine de minutes. J'ai retracé son parcours dans les grandes lignes. Ce n'était pas volontaire, mais plusieurs personnes me l'ont dit plus tard, j'ai lu avec sa voix, ses intonations, avec une forme de dureté qui était parfois la sienne, et qui me permettait peut-être de ne pas flancher.

Avec l'accent, aussi, l'accent du Jura. Mon père l'avait, et depuis quelques années je commençais à le prendre. À dix ans, à vingt ans, je crois que je ne l'avais pas du tout. Ou alors seulement quand j'avais trop bu, quand je me relâchais vraiment. Ce jour-là, je l'avais clairement. Et je n'en avais pas conscience. Ce n'était pas fait exprès. Je ne cherchais pas à imiter mon père. Ç'aurait pu être le cas. J'aurais pu vouloir me déguiser, porter un de ses chapeaux. Je ne portais même pas de casquette.

Après mon discours, il y en a eu d'autres. Frédérique a évoqué celui qu'elle appelait son « frère de cœur ». Il y a eu des chansons : Leprest, Branduardi. Alain et Gilbert ont interprété a cappella « Amsterdam » de Brel et « L'âge d'or » de Ferré.

Ferré, pour l'enterrement de mon père, c'était inévitable. Et c'est sur les trente-quatre minutes du titre « Et... basta ! » que s'est conclue la cérémonie, en accompagnement du défilé auprès du cercueil, certains ajoutant à mon petit bazar improvisé une fleur séchée, un dessin, une bougie supplémentaire, ou se contentant de poser une main sur le bois tout en jetant un œil aux multiples piles de livres pour voir ce que j'avais choisi : *La Vouivre*, *Gargantua*, *Les Misérables*, *Mort à crédit*, *Le Roman de Renart*, etc.

Ni dieu, ni maître, ni femme, ni amis, ni rien, ni moi, ni eux, et Basta !

Mon père n'était pas le premier à être enterré sur du Ferré. Il appartient peut-être à la dernière génération de personnes qui le seront.

Quand j'avais ramassé toutes ces affaires dans l'appartement, ces livres et ces objets, c'était dans l'idée de tout laisser sur le cercueil et que ça brûle avec lui. J'ai pensé que ça lui ferait de la lecture, et puis qu'il serait content d'avoir son chapeau noir. Enfin, j'avais besoin de me raconter ce genre de trucs. Mais ça n'a pas été possible. Un employé des lieux m'a rapporté le sac de voyage rempli. Le cercueil est reparti sur son chariot quasi débarrassé – il restait quelques fleurs séchées et les cartes postales scotchées sur ses flancs. J'ai assisté à son départ pour la crémation *via* un écran de télé dans une petite pièce fermée.

Après la cérémonie nous nous sommes tous retrouvés dans la salle d'activité où mon père enseignait le yoga auprès de l'association l'Es-pérance lédonienne, dont les bâtiments ne sont pas très loin du crématorium. Un ami s'était chargé un peu plus tôt de flécher le parcours à l'aide de rubans en papier crépon jaune et orange. C'était la première fois que je mettais les pieds dans cette salle de gym aux murs pastel et fines fenêtres tout en longueur. Les tables en U étaient garnies de saladiers, de bouteilles de vin et de jus de fruits, de verres en plastique et d'assiettes en carton. On pouvait se croire à une réception quelconque, une inauguration ou un goûter de fin d'année. Mon parrain est venu m'offrir un verre de vin blanc du Jura, mais je n'avais rien dans le ventre depuis plus de vingt-quatre heures et je me suis contenté d'un verre d'eau pour arroser une première tranche de saucisson. Je me disais que c'était pas mal, le saucisson, pour reprendre des forces : gras, calorique, protéiné, je me suis mis à m'en goinfrer. De temps en temps je gobais une tomate cerise ou une poignée de chips entre deux rondelles, et en m'approchant des tables j'attrapais des bribes de conversations.

Il n'y était pas toujours question de mon père mais de politique, du boulot, de l'été qui approchait, des bonnes tartes sucrées de ma tante Annie.

Je me suis même retrouvé mêlé à un débat autour de « The Voice » avec les parents de mon beau-père. La finale de l'émission de télé-crochet avait eu lieu le samedi précédent et c'était un petit jeune de Mamirolle, dans le Doubs, un village autour de chez eux, qui l'avait emporté. Un apprenti fromager, très simple, très gentil, pas du tout frimeur. Mais non, désolé, je n'avais rien suivi de tout ça.

Mon père non plus, d'ailleurs. De toute façon il n'avait pas la télé. Et puis le samedi soir de la finale de « The Voice », il était déjà dans les bois, étendu sur la roche froide, les yeux ouverts ou fermés, ça je ne sais pas, inerte, c'est certain, peut-être entouré d'animaux, lièvres, renards, chevreuils, lynx, et d'oiseaux, pics-verts, pics épeiches, hiboux grands ducs, bercé par le roucoulement de la source à moins d'un mètre sous terre, les plaies séchées par un petit vent, les premières larves naissantes. Pour ma part, ce soir-là, j'étais chez moi, à Lyon, où je me prélassais dans mon quotidien familial, en toute innocence.

La salle de l'Espérance lédonienne s'est vidée petit à petit, et les amis proches et la famille ont débarrassé puis rangé les tables. Nous nous sommes donné rendez-vous le lendemain à La Frasnée pour la dispersion des cendres.

Amandine et les filles m'ont suivi jusque chez mon père, où nous nous sommes installés tous les quatre, nous deux sur la banquette du salon et les filles dans le bureau, Laura dans un lit parapluie et Lise sur un matelas une place que j'ai remonté de la cave. C'était la veille du 1er mai, jour de la fête du travail, les pompes funèbres et le funérarium seraient fermés, et je devais récupérer l'urne avant dix-huit heures.

J'y suis allé seul. Au moment de partir Amandine m'a demandé d'acheter un pack de bouteilles d'eau minérale pour les bibe-rons de Laura. Je me suis arrêté dans une supérette en chemin, j'ai mis le pack dans le coffre, puis j'ai rejoint le magasin des pompes funèbres, où le responsable, un ancien forain aux bras couverts de tatouages, m'a remis l'urne dans un sac en tissu. En retrouvant la voiture, je ne voulais pas mettre l'urne dans le coffre, alors je l'ai posée à mes côtés, sur le siège passager. Comme j'avais peur qu'elle se renverse, je suis allé chercher le pack d'eau minérale dans le coffre et j'ai réussi à caler l'urne contre le dossier. Je suis sorti du par-king, et au bout de quelques mètres un bip sonore s'est mis à retentir. J'avais bien fermé les portières, débloqué le frein à main, atta-ché ma ceinture. J'ai compris que c'était mon passager qui, lui, n'était pas attaché. L'urne et le pack d'eau sur le siège à ma droite étaient détectés comme une présence humaine. Ça m'a fait rire sur le moment. Puis, le volume du signal sonore augmentant, ça s'est mis à m'agacer. Je me suis adressé à mon père, à voix haute : Excuse-moi, j'ai oublié de t'attacher. J'ai profité d'un feu rouge pour tirer la ceinture du passager et la glisser dans son encoche. Comme ça nous étions en règle, et le bip s'est arrêté.

Quand je repense à mon enfance et mon adolescence du côté de ma mère, avec mon beau-père et mes deux sœurs, j'ai des images de contextes collectifs, de scènes agitées, de lieux, de camping au bord de la mer, de la maison, du jardin. Je suis présent, au milieu des autres. Tout est assez désordonné. Tandis qu'avec mon père, les images sont beaucoup plus figées, nous ne sommes que tous les deux, et j'arrive toujours à nous situer dans l'espace. Nous sommes soit face à face, à table, en train de manger, soit côte à côte, en voiture, lui au volant et moi sur le siège passager.

Comme je ne le voyais pas au quotidien, chaque moment passé avec lui était un événement, qui devait être concrétisé par une sortie, un spectacle, une activité, une visite. J'arrivais chez lui le samedi matin, la première question était toujours la même : qu'est-ce qu'on fait ? Cela pouvait être une promenade dans la nature, du ski de fond ou de descente, de la spéléo dans les grottes du Jura, et puis le soir il m'emmenait au cinéma. Je pourrais me souvenir des activités en elles-mêmes, mais bizarrement, ce qui m'en reste, ce sont les trajets en voiture pour rejoindre les pistes ou les grottes, et nos repas en tête à tête avant d'aller au cinéma. Il me reste aussi la tension qui entourait chacun de ces petits projets. C'était souvent un peu compliqué. Il n'était jamais totalement serein.

Quand, à l'adolescence, j'ai commencé à exprimer un besoin d'indépendance, il n'a pas du tout aimé. Si c'était pour passer le week-end enfermé dans ma chambre, je n'avais pas besoin de venir chez lui. Alors il m'arrivait, dans les cas où la situation devenait trop oppressante, de m'enfuir et de rejoindre en courant le chemin des Trois-Fontaines qui coupait à travers la forêt de Villeneuve-sous-Pymont séparant Lons-le-Saunier de Savagna, le village où habitait ma mère. La plupart du temps mon père prenait sa voiture pour aller me cueillir à la sortie du chemin, il était en larmes, désemparé, il me disait : je ne sais plus quoi faire avec toi. Il ne comprenait pas qu'à mon âge, je n'avais plus rien envie de faire avec lui. Il ne l'acceptait pas. Il attendait beaucoup de moi, comme de ses femmes et de ses amis. Il attendait que nous lui permettions de s'engager là où il n'arrivait pas à aller par lui-même. Il a beau avoir vécu seul la plus grande partie de sa vie, il n'avait pas un caractère très indépendant. Il s'ennuyait vite. Il tournait en rond. Il se lassait de ces soirées à mettre au propre ses petites notes et travailler ses cours par correspondance. Il avait besoin des autres.

Après le bac, j'ai quitté le Jura pendant quelques années, puis je suis revenu. Je me suis installé chez ma mère et j'ai commencé à travailler en intérim, dans le bâtiment, en grande distribution et surtout à l'usine. Lui, il aurait voulu m'envoyer aux Beaux-arts pour que je devienne prof de dessin. Une ascension sociale progressive et presque symptomatique : arrière-grands-parents agriculteurs, grands-parents ouvriers, père infirmier, et moi prof. La fierté de la famille. *Il est prof de dessin à Besançon. En collège. Titulaire, oui.* Ça lui aurait fait tellement plaisir.

Que je travaille à l'usine, ça ne l'emballait vraiment pas. Ça le rendait triste et inquiet. Après tout ce qu'il avait fait pour moi, tous les musées, tous les spectacles, tous les films qu'on avait vus ensemble, je veux bien imaginer qu'il ait eu du mal à accepter que je me retrouve à vingt ans à fréquenter le même genre d'ateliers en tôle que lui au même âge. J'aurais pu tenter de le rassurer en lui avouant que sur mon temps libre, j'essayais d'écrire des romans, mais je n'en parlais à personne.

À cette époque, il ne vivait pas encore dans son dernier appartement. J'avais une chambre chez lui, j'y dormais rarement. Il me faisait bien comprendre ce qu'il pensait de mon choix de travailler en intérim, mais aussi d'une certaine forme d'apathie qu'il pointait chez moi, tout autant professionnelle qu'existentielle, intellectuelle, politique. Lui, il continuait à sortir, à agir, à faire. Il participait à la mise en place, avec le SPIP, Service pénitentiaire d'insertion et de probation, d'animations culturelles au sein de la maison d'arrêt de Lons-le-Saunier, invitant des musiciens ou des troupes de théâtre à se produire face aux détenus. Il y retrouvait certains de mes anciens copains d'enfance et camarades de classe incarcérés pour des histoires de trafic ou de vol. Il me racontait comment deux ou trois matons, qui jugeaient ces initiatives inutiles, s'amusaient à les faire mariner pendant plus d'une heure avant de les autoriser à ressortir. Mais cela ne l'empêchait pas d'y retourner le mois suivant, avec une nouvelle troupe de théâtre de rue ou un nouveau chanteur à texte.

Si je ne le relançais pas, il ne se donnait pas la peine d'en rajouter. Nous nous retrouvions assez vite à court de sujets de discussion. Nous ne partagions pas grand-chose, à vrai dire. Je crois même que nous étions gênés ensemble. Nous n'étions pas à l'aise, pas naturels. Nous ne savions pas bien comment nous y prendre. Cela a duré à peu près dix ans comme ça.

Depuis un peu plus de cinq ans, quelque chose avait changé. Je sais qu'il continuait à se plaindre de ne pas assez me voir – quel parent ne le fait pas ? Nos échanges étaient toujours aussi impersonnels. Mais nous avions fini par trouver une manière de partager du temps qui était plutôt agréable pour tous les deux. Les dernières années, il y a eu de beaux moments. Cette journée au palais du Facteur Cheval qu'il aimait tant – un samedi hors vacances scolaires, il n'y avait pas un chat. Plusieurs visites à La Frasnée, dont certaines à l'occasion de rassemblements organisés par des habitants du village autour d'une grosse paella. Une tente marabout était dressée dans cette partie du village qu'on appelle l'île. Les deux familles de Hollandais constituaient un petit orchestre avec violon, banjo, accordéon et contrebasse et reprenaient quelques standards dans un genre de jazz musette. Les Perron sortaient une caisse de boules de pétanque. Mon père traversait le Drouvenant, glacial même en plein été, pieds nus, en portant Lise contre lui. Il remontait le ruisseau en escaladant parfois de petits rochers émergents, et Amandine à mes côtés était dans tous ses états. Je dois bien avouer que je n'étais guère plus rassuré – je réussissais tout de même à prendre des photos. Mais oui, c'était imprudent, et s'il avait glissé, avec Lise dans les bras, dans une eau à moins de cinq degrés, cela aurait pu être très dangereux. Mais ces jours-là, il n'a pas glissé.

Sur les photos, il est en short, porte un chapeau, arbore un immense sourire comme il savait le faire, et dans ses bras, Lise n'a pas l'air inquiète.

La Frasnée, c'était le seul endroit où notre relation était évidente. À La Frasnée, nous partagions soudainement une complicité naturelle. Cela restait pudique, nous ne nous transformions pas en deux potes expansifs, mais là-bas, je me sentais toujours bien avec lui et je pense que c'était réciproque.

Chez lui aussi, dans son dernier appartement, il y a eu des moments agréables. Des soirées sans gêne, à rigoler un peu et se remémorer des souvenirs. Une fois, en fin de repas, il a déposé sur la table une boîte de crayons de couleur et tout le monde s'est mis à dessiner sur des post-it. Il les a tous collés sur la tranche d'un meuble, ils sont toujours à leur place.

J'ai beau avoir déjà fait énormément de tri, l'appartement n'a pas l'air vide. Cela surprend les amis qui me rendent visite et s'attendent à trouver un lieu en instance de déménagement. Il y avait tellement de choses qu'en retirant les neuf dixièmes on atteint tout juste un remplissage à peu près normal.

Là où j'ai fait le plus gros écrémage, c'est dans sa bibliothèque. Les best-sellers de supermarché y côtoyaient les classiques au format poche, les livres ésotériques, les livres de yoga et les méthodes de développement personnel. En matière de roman il suivait plutôt les tendances commerciales. Il lisait parfois un livre primé. Il avait même fini par se mettre aux polars nordiques.

Depuis quelques années, il perdait le goût de la lecture. Il regardait sur son ordinateur des films qu'il empruntait à la médiathèque. Il me parlait sans arrêt d'*Avatar*, de la planète Pandora et de cette histoire d'arbre sacré qui permet aux humanoïdes extraterrestres d'entrer en contact avec Eywa, la divinité locale.

Il guettait de près les informations sur les différentes suites de la saga. Je l'imaginais bien, une fois à la retraite, s'initier aux séries.

La dernière fois que nous nous sommes vus c'était en février 2015, quelques jours après la naissance de Laura. Nous avons marché plus de deux heures ensemble dans les rues de Lyon, tout en évoquant les événements tragiques de Paris, le rassemblement sur la place de la Liberté à Lons-le-Saunier et les commerçants qui affichaient en vitrine leur solidarité avec les victimes de *Charlie Hebdo*. Mais aussi les élections départementales qui approchaient, la fermeture de la MJC Paul-Émile-Victor, le projet de complexe Center Parcs sur les hauteurs de Poligny. Jusqu'à revenir au sujet récurrent de la retraite, bien sûr, et du boulot, des quelques mois qui lui restaient à tirer, de son épuisement, de son ras-le-bol. Dans le quartier du Vieux-Lyon, il a voulu s'arrêter dans une herboristerie afin d'acheter de la tisane pour Amandine, dont l'allaitement était compliqué. La vendeuse était une jolie quinquagénaire, et je m'attendais à ce qu'il se montre un peu charmeur avec elle. Mais il n'en a pas eu besoin, c'est elle qui lui a adressé les sourires les plus équivoques. Il semblait non pas blasé, mais habitué à vivre une telle situation. La confrontation m'a plutôt amusé.

Après un détour par mon appartement, je l'ai raccompagné, avec Lise, à sa voiture, sa toute nouvelle voiture. Il a rigolé en me la présentant à la façon de ceux qui attachent de l'importance à l'esthétique automobile : *t'as vu la carrosserie, les quatre roues, et regarde, j'ai même un volant...* Comme il prenait son temps pour s'installer, j'ai proposé à Lise que nous avancions sur le trottoir pour lui faire coucou quand il partirait. Nous avons traversé la chaussée au niveau de l'école maternelle. Nous l'avons attendu, et quand il a fini par arriver, il regardait du mauvais côté. Nous l'avons vu se pencher et nous chercher en ondulant de la tête et des épaules. Lise a un peu crié mais il n'entendait pas.

Puis il a dû nous apercevoir dans le rétroviseur central, alors il a ouvert sa vitre et sorti sa main gauche. C'est la dernière image que nous avons de lui, sa main gauche s'agitant au-dessus de cette petite voiture rouge qui s'éloigne.

Toute la journée du vendredi, ça n'a pas cessé de tomber. Un 1er mai arrosé, disait-on à la radio. Je conduisais prudemment, entouré de ma petite famille, et j'avais mis dans le coffre cette fois-ci, bien calée entre deux cartons, l'urne contenant les cendres de mon père. Les essuie-glaces avaient beau se balancer à tout rompre sur le pare-brise inondé, je restais attentif au paysage. Je n'avais jamais accordé autant d'importance aux anciennes gares et haltes ferroviaires disséminées le long du parcours. Comme les églises, les statues de la vierge, les monuments aux morts, les lavoirs, les châteaux en ruine, il y en avait partout et en même temps je ne les voyais plus. Tout simplement parce qu'ils ne m'étaient d'aucune utilité dans ma vie quotidienne et qu'ils ne suscitaient chez moi pas d'autre intérêt. Je me sentais plus concerné par la présence de stations-service, de supermarchés, de restoroutes, de boîtes de nuit, de campings. Ce jour-là, cette route qui m'est si familière, que j'ai empruntée des milliers de fois, et si souvent avec mon père, j'ai compris qu'elle suivait le tracé de l'ancien chemin de fer reliant Lons-le-Saunier à Saint-Claude, en passant donc par Clairvaux-les-Lacs, mais aussi, comme je pouvais le constater, par Nogna, Thuron, Pont-de-Poitte, Patornay, Boissia.

Ces noms de villages, je ne m'amuse pas à les relever pour pointer ce qu'ils auraient d'improbable, de caractéristique ou de savoureux. Ils ne renvoient pour moi qu'aux lieux qu'ils désignent et aux souvenirs qu'ils suscitent. Je n'ai jamais trouvé très drôle de s'attarder sur l'étrangeté d'un nom de village, peut-être parce qu'ils sont tous bizarres par ici, ou parce qu'un nom de village est toujours un peu étrange pour qui ne le connaît pas.

Le vendredi, c'est l'entourage proche qui était convié. C'était convenu comme ça, et c'était à l'appréciation de chacun de s'estimer légitime ou non pour assister à la dispersion des cendres. S'il avait fait beau, nous aurions pique-niqué au bord du Drouvenant, sur l'île, mais la météo n'annonçait pas la moindre accalmie et nous nous sommes tous réfugiés chez les Perron, lesquels nous ont ouvert leur grange. Sylviane a bien eu l'idée de nous prê-ter la salle du conseil municipal, mais on n'y tenait pas à plus de dix, et à midi nous étions déjà une bonne cinquantaine, soit près de deux fois la population du village.

Comme je dis à Lise à chacune de nos visites : tu te rends compte qu'il y a plus d'enfants dans ta classe que d'habitants à La Frasnée. Je ne sais pas ce que ça lui inspire.

Après un nouveau repas sur le pouce, pâté en croûte et salade composée dans des assiettes en carton, nous sommes passés de la grange à la chapelle. Cela s'est fait naturellement, sans concertation. Je suis allé chercher l'urne dans le coffre et l'ai déposée par terre, sur la dalle, devant l'autel. Il y a eu encore des chants : « L'homme de Brive » de Jean-Max Brua ; « Les vrais amis » de Julos Beaucarne. Des poèmes, des extraits de romans, de la gêne, de l'émotion. Rien de religieux, ce qui ne nous empêchait pas de nous sentir très bien ici.

La chapelle se situe juste en face de la mai-son où nous habitions. J'ouvrais les volets de ma chambre sur son clocher de tuiles vernis-sées. Mon père avait pour mission de remonter chaque jour le cadran de son horloge.

Quelques amis m'ont adressé un petit signe de la tête : est-ce que je voulais y aller, maintenant ? C'était peut-être le moment. J'ai ramassé l'urne et nous avons rejoint l'île, juste derrière l'église.

Le Drouvenant était déchaîné, et je me disais que c'était parfait comme ça. Hier on avait eu le soleil et la douceur, aujourd'hui c'était la tempête.

Nous nous sommes tous rassemblés le long de la rivière, un peu en retrait, protégés sous un plafond de parapluies. J'ai rabattu ma capuche et je me suis approché de l'eau.

J'ai trouvé un endroit, près d'un arbre. J'ai retiré l'opercule métallique en m'aidant de mes clés de voiture. J'ai retroussé mes manches et me suis relevé avec l'urne. J'ai commencé à verser les cendres dans le Drouvenant.

Ce n'était pas terrible. Ça ne coulait pas comme je l'aurais voulu. Je me suis arrêté et j'ai décidé de changer d'endroit, je suis descendu encore plus près de la rivière et cette fois j'avais carrément les pieds dans l'eau. Je me suis accroupi auprès de l'urne, et je ne sais pas ce qui m'a pris, j'ai d'abord plongé mes mains dans l'eau glaciale, puis l'une après l'autre, dans l'urne. Je me suis enduit les mains des cendres de mon père et je les ai frottées l'une contre l'autre, lentement. Puis je les ai replongées dans l'eau, puis je les ai replongées dans l'urne. Et j'ai fait ça plusieurs fois.

Je ne voulais pas donner l'impression de me laver les mains des cendres de mon père. J'aurais pu aussi me recouvrir le visage, comme un Indien qui se prépare au combat.

Un Indien du Jura, un Indien de La Frasnée, un petit Indien, comme dit la chanson pour enfants, aux pieds liquides et frigorifiés, mais je ne tremblais pas.

Je continuais mon rituel improvisé, les mains dans la cendre, les mains grises, les mains noires, puis les mains dans l'eau, les mains rouges, les mains bleues, et je recommençais. J'attrapais des poignées de cendre que je laissais filer entre mes doigts, entre mon poing. Le ruisseau éclaboussait mes genoux et mes cuisses. Mon manteau était gorgé d'eau. Je me suis mis à gratter le fond de l'urne et j'ai fini par plonger le récipient dans la rivière, pour le rincer, le remplir, le vider, puis le refermer, avant de me relever. Je suis resté debout face à la rivière en furie pendant au moins dix minutes sans bouger. Personne ne bougeait. Ils n'osaient pas. Ils attendaient mon signal. Ça en devenait étrange. Ils étaient comme suspendus à mes mouvements. J'avais pris la place du chef, du chef indien.

Je venais d'enterrer mon père, à ma façon.

Le bruit du ruisseau m'envahissait la tête. Je ne quittais pas des yeux les remous de l'eau, les éclaboussures, l'écume légère, les morceaux de mousse arrachés, les rochers immergés, les bouts de branches. Puis je me suis dit que ça suffisait comme ça. Je ne voulais pas surjouer. J'ai fait quelques pas, et les amis et la famille se sont autorisés à s'approcher de l'eau. Ils y ont jeté des fleurs. Amandine m'a rejoint avec les filles sous un grand parapluie. Mon pantalon et mon manteau étaient pleins de traces de cendre, les ongles de mes mains étaient noirs.

Nous avons quitté l'île tous ensemble, rejoint la route qui traverse le village et marché jusqu'au fond de la reculée, jusqu'au bout du monde.

Mes trois oncles se sont agités en pointant du doigt le haut de la cascade où, entre les arbres, se laissait deviner une chute d'eau qui s'échappait de la falaise. Je les entendais dire que c'était le Grand Dard qui crachait. Ce qui est très rare. Quand le Grand Dard jaillit, c'est que le Trou des Gangônes déborde. Mais le Trou des Gangônes ne pouvait pas se remplir en une seule journée de pluie. Non, ce n'était pas le Grand Dard. L'eau sortait d'une crevasse latérale un peu plus basse.

Mais en observant leurs regards d'enfants à tous les trois, et à mes tantes, à mes grands-parents, et aux amis qui écoutaient l'histoire de cette résurgence exceptionnelle, je n'ai rien osé dire. C'était tellement rare de voir cracher le Grand Dard, et ça nous arrivait à nous, aujourd'hui, dans les circonstances que l'on sait. J'ai préféré le leur laisser croire.

La coïncidence était aussi forte que si nous avions assisté à l'apparition d'un lynx, par exemple, un lynx qui serait venu se désaltérer dans le Drouvenant pendant la dispersion des cendres.

Le lynx, c'est le loup du Jura. Très peu sont ceux qui l'ont réellement rencontré. J'en connais qui prétendent l'avoir croisé un jour, mais pour certains d'entre eux je doute de leur version. C'est un peu comme avec le Grand Dard aujourd'hui, ils ont vu quelque chose et se sont persuadés que c'était un lynx. Ou bien ils répètent une histoire qui vient d'ailleurs.

Voilà, c'était à peu près fini. Il y a eu encore le café dans la grange des Perron, le rangement et les au revoir. Les amis me disaient que le plus dur allait commencer pour moi, durant les semaines et les mois à venir, me retrouvant seul face à ce nouvel état des choses.

Depuis le début de la semaine, l'événement avait secoué tout un petit monde, les gendarmes avaient enquêté, la presse locale avait informé, les amis s'étaient mobilisés, la famille s'était désolée, les connaissances avaient ragoté, les pompes funèbres avaient accompagné, toujours à peu près le même système qui se met en place. Et petit à petit les acteurs quittaient la scène. L'enquête était classée. Les gendarmes, tout comme les connaissances, changeaient de cible. Les pompes funèbres changeaient de client. Les amis et la famille tentaient de reprendre leur vie.

Pour certains d'entre eux, quelque chose de très important s'était produit, qui pouvait être un bouleversement. Pour moi, c'était évidemment le cas.

Si la perte de l'un de ses parents, en soi, est un événement exceptionnel, on peut dire aussi que c'est dans l'ordre des choses, un sujet presque banal. Dans cette histoire, ce qui l'est moins, ce sont les circonstances.

Je ne l'ai pas vu. Je ne connais pas le jour exact de la mort. Je n'ai pas de certitude absolue quant au caractère accidentel de la chute. Je connais le point de départ et le point d'arrivée, je sais à peu près où il a dévalé, mais il me manque le ressort, la cause, l'explication, le dénouement.

Plus d'un an après sa mort, je continue à sillonner le Jura au volant de sa voiture en écoutant ses disques, et les miens, ses chansonniers et puis cette musique folk que je découvre depuis quelques mois seulement.

Je ne consacre plus des heures à me triturer les méninges en essayant de visualiser la scène, en retournant la situation dans tous les sens. Je ne cherche plus à savoir à tout prix. J'essaie d'accepter le trouble.

Il m'arrive de penser à cette histoire comme à une sorte de roman noir, un polar sans coupable sinon la nature, la campagne française, la vie rurale, la forêt jurassienne.

Mais j'essaie surtout d'y croire. J'essaie d'accepter que cela s'est vraiment passé, que je n'ai pas rêvé cette semaine folle et dramatique, que malgré la teneur romanesque des événements, ils n'appartiennent pas au domaine de la fiction mais bel et bien à celui de la réalité.

DU MÊME AUTEUR

Aux Éditions P.O.L

POLICHINELLE, 2008 (Folio n° 5020).

MICHAEL JACKSON, 2011 (Folio n° 5440).

L'ÉTOILE DU HAUTACAM, 2016.

L'HOMME DES BOIS, 2017 (Folio n° 6535). Prix Blù Jean-Marc Roberts 2017.

Aux Éditions Gautier Languereau

LA FILLE AUX TULIPES, illustré par Benoît Perroud, 2018.

Composition Nord Compo
Impression Novoprint
à Barcelone, le 10 septembre 2018
Dépôt légal : septembre 2018

ISBN 978-2-07-279340-0./Imprimé en Espagne.

335568